中国专业作家作品典藏文库

中国专业作家作品典藏文库
石钟山卷

残枪

石钟山 著

中国文史出版社

目　录

战前婚约

八路军独立团排长杨槐是在那个秋季的黄昏时分见到同乡王伏生的。

王伏生骑着一匹马，从十五里地外的驻地赶来，马的身上浸出了汗，站在夕阳的光里，他的脸也变得红扑扑的。

警卫战士跑到排长杨槐面前大着声音说：排长，国民党队伍上的王伏生找你。

杨槐正在领一群士兵练习刺杀，中正式步枪在他们手里舞来弄去的，铿铿锵锵弄出来的声音又清又脆。杨槐的心里正有一种叫豪情的东西一漾一漾的，他想大喊大叫几声。就在这时，王伏生来了。

杨槐收起枪，抬起头来的时候就看到了王伏生，王伏生此时背对着夕阳，正憨憨地冲杨槐笑。杨槐把枪扔给一旁的战士，大步向王伏生走去。他见到王伏生心里还忍不住有一种激动的感觉，细算下来，他已经有一年多没见到王伏生了，虽然国民党的战地团一直和他们三团的驻地毗邻，但他们并没有过多的接触。

他站在王伏生面前，王伏生脸孔红润地笑着，用舌尖不停地扫荡着自己的嘴唇。

杨槐就说：你咋来了？

王伏生不急不慢地仍那么笑着，在怀里捣鼓半天，掏出一张皱巴巴的纸片来，腼腆地递过来，舌尖又扫荡几次嘴唇道：这是俺送给你的请帖哩。

杨槐看到那张纸，纸上的几个字一定是别人代写的，那是一张邀请杨槐参加王伏生婚礼的请帖，上面写道：恭请八路军杨槐参加王伏生、香草婚礼。然后是年月日。

杨槐不认识似的看着那几个字，心脏似乎在瞬间骤然停止了跳动，然后又如鼓似的擂了起来。他一时间有些口干舌燥，他看着王伏生。王伏生仍那么腼腆地笑着，小声地道：真的哩，香草是昨天来的，结完婚她就走，咱们这还要打仗哩。

杨槐口干舌燥地追问一句：香草来了？

王伏生又点点头，十二分不好意思的神情，还用脚尖踢了两下地面，弄起几缕浮土，随着风散了。

杨槐的心疼了一下，又疼了一下，脸就苍白了起来，他心虚气短地问：香草和你结婚她愿意？

王伏生把头低了低，又舔了舔嘴唇道：半年前俺回了一次家就和香草订了婚，现在部队在休整，俺就让她来了，结了婚就让她回去，马上就要打仗哩。

杨槐知道要打仗了，他们八路军每日都在操练士兵，为的就是要保护秋收的庄稼。秋天了，日本鬼子就要从城里出来发动扫荡了。他们要把粮食抢到城里去，八路军和国民党的队伍要保护庄稼，保护庄稼就是保护老百姓和自己队伍的口粮。他知道秋天这一仗一定得打，而且就在这几天，因为地里的庄稼马上就要成熟了，他没想到的是香草来了，还要和王伏生结婚，他做梦也没有想到。

王伏生说：俺跟香草结婚，俺爹俺娘都不能来，老家人这附近就你一个，俺和香草结婚就想起你来了，你说啥也得去呀，给俺和香草壮壮门面。

杨槐捏着手里那张请帖，手指尖流出的汗已经湿了纸。他却仍口干舌燥地立在那儿，一时竟不知如何是好的样子。

王伏生把话说完了，目光虚虚地望着杨槐，然后说：时间就明天中午，杨槐你可得来呀，你是俺老家人，你不来俺和香草都没面子。

说完这话王伏生扭头看了眼日落西山的太阳，又扭回头说：杨槐，时间不早了，俺得回了。

王伏生说完就翻身上马了，他在马上弯下身子又说：杨槐，俺和香草明天晌午可等你了。

王伏生说完真的就走了，他和马一直消失在最后的光线里。

杨槐干干硬硬地咽了口唾液，他一直望着王伏生的背影消失。他的脑子有些发蒙，一时不知自己在哪儿，他呼吸粗细不一，他又把手里那张请帖看了看，最后揉成一个纸团，犹豫着还是揣在了兜里。他转回身的时候，天就暗了下来，刚才还在训练的战士，已经被副排长带走了，此时空空的空场，只剩下了他自己。他一脚高一脚低地向前走去。

香草活灵活现地出现在他的记忆中，香草说：哥，俺要嫁人就嫁给你。然后是香草百灵鸟一样的笑声，笑声洒在阳光斑驳的林间，也响在汩汩的清泉之上，又欢快地流走了。

这一切似乎就发生在昨天，香草说这话时还是十几岁的孩子，那时他也是十几岁。香草辫子上的红头绳一团火苗似的在他眼前跳荡着。这么多年了，香草的话，香草的笑，一直响在他的心间，响在他的耳边。如今，香草就要和王伏生结婚了，他不知这是梦还是现实，他把手放在衣兜里，那个硬硬的纸团还在。他的心就缩成了一团，硬硬的，干干的。

那天晚上的杨槐不知是怎么过来的，第二天上午，他找到了营长岳福常，把请假参加婚礼的事说了。那时国共正在合作，国军和八路军也经常有来往。岳福常交代了几句，杨槐就上路了。

杨槐想了一夜，他没想好不去的理由，也没想好去的理由。他的眼前一次次晃动着香草的身影。是香草在召唤着他一步步走向了国军驻地，走向了王伏生的婚礼。

三　人

王伏生的婚礼，简单得很，国军驻地也是临时的，号了一些老百姓的房子，有的干脆住在帐篷里。王伏生的婚礼就在一户人家的小院里，房子有些破旧，窗户透风漏光地洞开在那里。

来了一些兵，都是王伏生特别行动队的人，婚礼由特别行动队队长高大奎主持，高大奎戴着少校军衔，个子高大，声音洪亮。

杨槐走进这个民间小院时，高大奎正在用洪亮的声音讲话：今天是大喜的日子，王伏生和香草结百年之好，这也是我们特别行动队的大喜的日子……

王伏生和香草站在人群中，都有些羞怯，低垂着头，在队长高大奎洪亮的声音之中两人都很幸福的样子。

映入杨槐眼帘的自然是香草，香草红衣黑裤，香草的形象照亮了这个民间小院，在杨槐的眼里，香草就是一朵奇花，光鲜中透着野性。

杨槐一出现在院子里，队长高大奎的声音就静止了下来。香草只一瞥便看见了杨槐，在那一瞬间，两人的目光有了一个短暂的交流。也就是那一瞬，香草的目光就避开了杨槐，低下头，小声地说一句：杨槐哥，你来了。

香草说完这句便再也无话了，脸色由红转为有些白。

高大奎走了过来，他对杨槐不陌生，杨槐对他自然也是熟悉的。高大奎已经做过杨槐无数次的工作了，他一直想让杨槐参加国民党的部队，到他们的特别行动队，杨槐都没答应。

高大奎又一次热络地握住了杨槐的手，摇了摇握了握，小声地说：杨排长，感谢你今天能来参加伏生的婚礼。你来了，也算是八路军的一名代表，我代表特别行动队欢迎你。

高大奎还指挥着自己手下的十几个人噼里啪啦地鼓起了掌。

杨槐没有理会高大奎也没有理会那些掌声，他径直来到王伏生和香草的面前。此时两个人都抬起了头，王伏生憨憨地看着杨槐，香草的脑袋别向了一边，目光虚虚飘飘地望着洞开的窗户，虽然，那就是他们的新房了。

王伏生咧着嘴笑着说：杨槐你来哩，俺和香草结婚哩。

杨槐长出了一口气，目光望着王伏生的脸，但他的注意力却一直在香草的身上。

接下来特别行动队的人开了几桌饭，饭菜都是在附近的百姓家做好了的，端过来，在院子里摆了几张桌子。

特别行动队队长高大奎一直陪着杨槐。在桌前坐下了，他就拉着杨槐的手不停地在杨槐的耳边絮叨着。他说：杨排长，今天是你同乡王伏生大喜的日子，你可得多喝两杯，喜事呀，大喜的日子，咋能不喝呢？

他还说：伏生有福气呀，娶了这么漂亮的老婆，听说你和香草伏生是在大金沟一起长大的？

杨槐一句话也没有说，他的注意力都在香草的身上，此时的香草正和王伏生挨桌敬酒。一群士兵和两个人嬉闹着。

高大奎把嘴巴附在杨槐的耳边突然说：杨排长，你知道香草为什么嫁给王伏生吗？

这句话让杨槐心里一震，身子也就那么一抖，他扭过头望着高大奎，高大奎笑一笑，很有内容地说：你们三个之间的事，我知道一些，你也喜欢香草，最后香草嫁给了伏生，看似是天意，但不是。

杨槐就那么怔怔地望着高大奎。高大奎又说：伏生是我们行动队的阔佬，今天的酒宴都是他掏腰包请的客。我们国民党是奖惩分明的，你知道我们歼灭一个小日本奖励多少大洋吗？

高大奎说完，在桌子下伸出三个指头。在这之前杨槐早有耳闻，国民党队伍中是有这种奖励制度的。伏生在特别行动队中是神枪手中的神枪手，特别行动队是国民党在全师中抽调出来的神枪手，专门执行特别任务，王伏生是行动队中一号神枪手，独他一个人享受少尉排长的待遇。

高大奎说到这就满嘴酒气地说：兄弟，到我们这边来吧，凭你的身手，不出几仗，你也可以成为像伏生那样的富翁，吃不愁，花不愁，我高大奎保证你能娶上比香草还漂亮的女人。

高大奎说完这话，咧着嘴笑着。

天下没有不散的筵席，太阳快偏西的时候，伏生和香草的婚礼在散发着酒气的院子里结束了。特别行动队在高大奎的带领下撤出了小院。杨槐也到了告辞的时候，他没喝几口酒，却感到头重脚轻。他站在院子里，冲幸福的王伏生还有脸色有些白的香草说：伏生、香草，祝你们幸福。

这是他冲王伏生和香草单独说的第一句话。说完他就转身走出小院。他在院门口停了停，想回头再看一眼香草，不知为什么，他眼里突然一下子涌出了两泡泪水。他没有再回头，迈开步子向前走去。他一直走到村外，他的心很荒凉，有一种莫名的失落。他回头望了一眼，这一眼让他怔住了，香草红衣黑裤追了出来，他用衣袖抹了一下眼睛，定睛再看时，果然是香草，她跑得气喘吁吁的，两颊通红。到了跟前，香草气喘着说：杨槐哥，俺来送送你。

他和香草单独地站在村头的土路上，他面对着香草，一时不知说什么，张了张嘴，却没有说出一个字。

香草望着他说：杨槐哥，别恨俺嫁给了伏生，是俺娘收了伏生家的彩礼，俺不想要他家的彩礼，可俺娘收了，还订下了结婚的日子。

杨槐终于说：你娘把彩礼收了，婚也结了，俺走了。

说完他向前走去，香草怔了怔，还是追了上去，她陪着杨槐向前走了两步，她说：杨槐哥，俺对不住你。

杨槐加快了步子，他怕眼泪流在香草的眼里。

香草终于停下脚步，似怨似艾地说：杨槐哥，俺和伏生结婚了，可俺心里一直有你。

杨槐听了这话，仿佛中了一粒子弹，他的身子猛地一颤，立住脚步，半晌，又是半晌，他回了一次头，看到香草已经是泪流满面了。香草又赶过来，在怀里掏出一双绣好的鞋垫，塞给杨槐道：杨槐哥，这是俺专门给你做的，一直等你回去交给你，等了好久你却没回去看俺。

香草说完又用衣袖抹了一下眼泪，转过身去，她的眼泪一定是又一次汹涌地流出了。她背着身子说：杨槐哥你走吧，俺结了婚就算完成任务了，明天俺就回大金沟。

香草说完头也不回地跑去了。

他站在那里，一直看到香草红色的身影消失在视线里。他转过身时，蹲在地上，吐得昏天黑地，似乎把肠子都吐了出来，眼泪也像河水似的流了出来，他蹲在那里哀哀地哭了。

太阳西斜了，他才立起身，最后望一眼小村，那里有伏生和香草的新房。他再也没有回头，跌跌撞撞地向驻地走去。走了好久，他从怀里掏出鞋垫，这是香草给他的，鞋垫上绣着山林和草地，这让他想到了家乡大金沟，在大金沟留下了他和香草的初恋。

杨槐和香草家住在大金沟的北山，王伏生一家住在南山。那时地广人稀，一座大山里就住着这三户人家。这三家人是猎户，地域环境创造了他们猎户的身份。

杨槐的父亲叫杨老六，香草的父亲叫王占河，王伏生的父亲被人称为山带王。三个人都是移民来到大金沟的，三家人的感情可以说亲同手足。

杨老六和王占河住在山北，狩猎的范围也自然以北山一带为主，山带王在山南，就经常在南山一带活动。时间长了，便自动地形成了一种默契，他们以南山和北山为界画地为牢了，这种约定俗成的规律，划分了他们的权力领域。好在大金沟不缺少猎物可狩，山鸡野兔很多，山猪狐狸等大物件也随时出现，他们便开始从容不迫地狩猎。那时，寂静的山林里经常可以听到狩猎时的枪声，枪声沉闷而又悠远。不紧不慢的日子，便有了生活。经过一冬的狩猎，他们积攒下了一批猎物的皮子，开春的时候，三个老汉，一肩把皮货担到了山外集市上，换回一家人的口粮和衣物，虽说日子不宽裕，却也过得津津有味。

变故发生在杨槐十六岁那一年，那一年王伏生也十六岁了，香草才十四岁。那年冬天，杨老六和香草父亲王占河在北山发现了一头野猪，两个人是身经百战的猎人了，他们知道野猪这种大物件不好狩猎，弄不好会伤了自己，这次的野猪是自己走进了他们设好的套中，后腿被套住了，它便疯了似的开始撞身边的树木，最后折腾累了，低声地嚎叫。两个猎人就是这会儿发现野猪的。野猪长年累月地在林子里穿行，身上涂满了松树油脂，时间长了，便成了铠甲，硬硬地罩在身上。猎人们知道这一点，他们的猎枪不论是霰弹还是独子，很难穿透野猪的铠甲，他们只能射击野猪浑身最软的地方，那就是野猪的眼睛。被套住的野猪看到了猎人，又发疯似的挣扎起来。如果是野猪途经这里，他们也许会视而不见把它放走，全力以赴对付那些好狩的猎物。可这头野猪已经走进了他们的套子，他们没有理由放过它了。

最后他们商量好了，要把这头野猪拿下，他们分两面把野猪夹在了中间，也把枪里的霰弹换成了独子。两人已经商量好了，只要杨老六一挥手，他们同时射击野猪的眼睛。他们在山林里狩猎这么多年，早就练就了神枪手的枪法，不用瞄准，凭一种感觉，心到，枪到，他们有把握把野猪的眼睛击碎。当两人散开后，杨老六看了眼王占河，王占河点了点头。杨老六就一挥手，两枪几乎同时响了。两粒子弹分别从右眼和左眼射入，最后两粒子弹在野猪的脑子里发生了撞击，碎了。坚强但又顽抗的野猪一开始并没有被击倒，它嚎叫一声，挣脱开了套子，没头苍蝇似的跑了下去。他们是专业猎人，不可能轻而易举地放弃已射杀成功的猎物，猎物越顽强越能激发猎人追逐下去的斗志。

他们往枪膛里重新填上了子弹，顺着野猪留在雪地上的血迹追了下去。不知不觉就追到了南山。山带王也正在狩猎，三个人便开始合围那头受了伤的野猪。王占河率先发现了那头受伤的野猪，此时，野猪正侧面对着他，这正好是一个射击的角度。职业猎人的敏感，知道不可能错过这次射击，他想都没想，完全是下意识地举枪便射。野猪叫了一声，王占河也叫了一声，便倒在了地上。

待杨老六和山带王奔过去时，王占河已经血肉模糊了。炸了膛的枪变成两截散落在地上。当两个人把王占河抬回家中时，他已经气绝身亡。

王占河死于这场意外，扔下了香草的母亲和十四岁的香草，悲伤过后，娘儿俩还要面对新的生活。于是十四岁的香草拿起了猎枪。那会儿杨槐和王伏生也已经是小猎人了，只不过有父亲在，他们还没挑起大梁。父亲不让他们狩猎时走得太远，或者把他们带在身边。

自从王占河突然被炸死，两个老人的心劲似乎一下子泄尽了。他们狩猎时呼哧带喘，脚力不足。龙生龙，凤生凤，猎人的子女成为猎人便也顺理成章了。

从此，南山和北山的主人发生了变化。在北山杨槐和香草每天出门双双去狩猎，清脆的枪声又掀开了生活的新篇章。

香草毕竟是女孩子，她的年龄又小杨槐两岁，出门时父亲和母亲总是千叮咛万嘱咐地交代杨槐要照顾好香草。这几家人，从闯关东开始便结伴在一起，风里雨里，有难同当，有福同享，团结的概念早就深入到他们的骨子里。杨槐每次都不会和香草分开，他们总是在一起，就是发现了猎物，杨槐总是让香草先开枪。猎人的规矩是谁先射击，猎物就归谁所有。有时香草狩到的猎物很少，回到家门前，杨槐总把自己的猎物分一些给香草。香草不要，他硬是推给香草，每次，香草都是含着一双雾水蒙蒙的眼睛望着杨槐。

在相互照应的生活中，两人的感情便一天天地拉近了。在长辈人眼里，这两个孩子是天生的一对，两个情窦初开的少男少女心里，他们的感情也在日臻成熟着，完善着。

在狩猎的过程中，他们有闲下来的时候，走到山山岭岭间，香草有时会唱一首歌：花开了，花谢了，果子长大了；风来了，雨来了，果子成熟了；叶飘了，雪落了，新年来到了……这是一首当地山歌，野性中带着对生活的期盼。南山的王伏生有时会被香草的歌声吸引过来，王伏生因为在南山，不经常和两人在一起，他自己就觉得和两个人有些生分。他羡慕地看着两个人干这干那，不停地用舌尖扫荡着自己的嘴唇，一副眼馋的样子。

有时，王伏生不在南山狩猎，每天都跑到北山来找两个人，听两个人说说笑笑，就是出现猎物，王伏生也从来不出枪，似乎自己的存在就是为了陪伴两个人。王伏生天生内向，和他父亲山带王的性格形成了明显的反差。他父亲之所以选择了自己独自守在南山，就是想独来独往，独享南山的猎物。时间长了，王占河和杨老六便给他起了个外号山带王。山带王有野心，可王伏生没有，一副平安无事、无欲无求的样子。

直到太阳沉到西边的林子里，王伏生才恋恋不舍地告别北山，回到南山中去了，有时，他就那么空手而归。杨槐和香草背着沉甸甸的猎物，满载而归了。香草的山歌伴着晚霞在山山岭岭间流淌着。

香草的父亲在枪炸膛事件中，突然离去了。在荒山野岭的大金沟，一个未成年的女孩子，担负起了养家糊口的重任，面临的困难是可想而知的。大金沟这三户人家，是一起逃荒来到这里的，他们的团结相互帮衬的精神仍在延续着。因杨槐和香草都住在北山，两家的房子也是毗邻而建，杨槐便当仁不让地担负起了照顾香草一家的担子。

每天清晨，杨槐去山里狩猎，他都会站在香草家门前等香草，香草拿着枪从屋里跑出来，带着一身的暖气，然后唱歌似的说：杨槐哥，咱们走吧。

一天的狩猎生活就这样开始了，不论一天狩猎多少，杨槐总会把自己打到的猎物分出一部分给香草。起初香草不要，杨槐就着急地说：你爹不在了，咱们就是一家人了，还分你我干啥。

香草便红了脸，低下头把猎物接了。在她的心里，早已经把杨槐当成了遮风挡雨的一棵大树。有许多次，在山上她遇到困难，都是杨槐解的围，只要有杨槐在，她心里就踏实。

有时两个人回来得晚一些了，两家人便集体站在门外等，一直看着两人出现在他们的视线里，所有的人才长出一口气。

年节时，两家人会聚在一起吃顿饭，这是两家人最幸福的时刻了。

杨老六笑眯眯地看着两个孩子，香草妈就小声地说：老杨大哥，孩子一天天大了，香草爹也不在了，以后咱们两家的事，还得靠你做主哇。

杨老六就敲敲腿道：俺们都老了，这跋山涉水的活是干不动了，以后就指望孩子了，要不就这样吧，等再过年，就让两个孩子把亲成了，咱们两家就真的变成一家人了。

杨槐和香草听了这话，都把头低下了，一副脸红心跳的样子。

如果没有九一八事变，一切都将依着父母的意愿顺风顺水。九一八事变之后，一切就都乱了。山外先是来了日本人，后来山里又多了抗日联军，日本人就封了山。猎是打不成了，无法生存的三户人家，在一天夜里，背上全部家当，像来时一样，他们集体逃出了大金沟。走出大金沟他们才知道，山外的世界也变了，到处都是日本人，没有他们立脚的地方，有许多人背井离乡，离开了故土，南下山海关，开始了迁徙流亡的日子。他们三家也随着流亡的人群，又逃回到了关内。最后在冀中山区一个小村落里落下了脚。

他们从打猎又转变成了靠给大户打工的日子，这种转换有些艰难，也有些不适，好在日子还是日子，不论怎么艰难，日子还得过下去。王伏生的父亲山带王憋气得很，他过惯了在山里无忧无虑、自己管自己的日子，他重新过上吃别人饭的日子，气就不打一处来，整天站在村街上骂骂咧咧。那会儿，整个冀中处于一种无政府状态，一会儿国民党，一会儿共产党，国共两党正处于合作时期，说是合作只不过是枪口一致对外，还没有真正地合作到一处。村里的事情由保长出面打理，国民党在时由国民党保长主事，共产党在时由共产党推举的保长主事。你来我往，混乱得很。

有一日，山带王又在村街上发牢骚，正好被乡保安团的人听到了，他们不由分说用枪托把他砸倒在地，山带王口鼻流血，他是爬着回到了家中。他躺在床上一病不起，昔日在大金沟风光无限的山带王，含冤带恨地病在了床上。他咽不下这口气，可又奈何不了这个世界。他已经不是在大金沟里百发百中那个山带王了，他想用猎枪把这些烂人都像猎物似的射杀了，可惜他已经是有那个心没那个力了。于是他就恨，恨自己，也恨王伏生。王伏生一副天生胆小的样子，他袖着手愁眉苦脸地看着病在床上的父亲。在那一刻，山带王明白了一个道理，山里的世界和山外的世界已经不可同日而语了。要想让自己过好日子，过上平稳日子，就不能让人欺负。指望自己是不行了，只能指望王伏生了。于是村子里又一次过队伍时，山带王把王伏生叫到床边说：伏生，你当兵去吧，最好混个一官半职的，只有这样，咱们家以后才能过上太平日子。

王伏生本来不想去，可山带王说出的话就是泼出去的水，没有收回的余地。山带王是固执得出了名的，只要他认准的事，就是一头牛也拉不回了。

王伏生就随着队伍走了，参了军的王伏生才知道，自己当的是中央军，就驻守在冀中一带。当了两个月兵的王伏生给家里捎回了两块银圆。山带王就是用这两块银圆，医好了自己的病。他又能下床活动了。他找到了杨老六便说：让你家杨槐也当兵去吧，当了兵不仅能挣银圆还没人敢欺负，日子过得光鲜呢。

杨老六也正为一家的日子愁苦着，刚来到冀中，人生地不熟，刚种下的麦子，收获遥遥无期，家里是吃了上顿没有了下顿。他和儿子杨槐一起天天抱着膀子看着地里的禾苗心里恓惶得很。

山带王把话说到这个份儿上了，杨老六就斜着眼睛望着山带王。山带王就说：你家的小子杨槐去当兵准比伏生强，杨槐这小子的枪法比俺家伏生好，要是能当兵，一准儿错不了。

在这期间，王伏生随部队又一次经过这里，伏生回了一次家。回家的伏生穿着军装，几个月没见，人精神了不少，似乎也胖了。他肩上扛了一杆长枪，走起路来一耸一耸的。伏生回家，三家人又聚在一起吃了一顿饭。吃饭时，伏生的长枪就立在一旁，杨槐把枪摸了，嘴里不停地说：伏生，你这杆枪可比咱们的猎枪强多了。

伏生嘴里嚼着吃食，“呜啦呜啦”地说：那是自然，俺使这杆枪，全连没人能比得上俺的枪法。俺现在都是班长了。

伏生介绍自己时，自豪得很。几家人就一脸的羡慕，香草就说：伏生哥，部队上好玩吗？伏生沉吟了片刻道：说好玩就好玩，说不好玩也不好玩，不管咋样，能混饱肚子，每个月还有饷钱，这就中了。

香草就一脸神往地说：伏生哥，你问问队伍上，要女的不，俺也想去参军。

伏生就摇摇头道：这俺可没听说，等俺回去问问。

伏生在家里住了一夜，第二天一早就慌慌地追赶队伍去了。

伏生一走，杨槐便找到了父亲杨老六，他咬着牙说：爹，俺想到部队上去。

爹看了看杨槐，没有说话，其实这会儿，爹的心里很复杂，他怕失去儿子，当兵毕竟是要打仗的，打起仗来，子弹可没个准头，就像他射杀猎物一样。可不去当兵，窝在家里，又什么时候才能有出头之日呢？杨老六很困惑也很矛盾。

杨槐已经魂不守舍，他一定要去当兵。否则在家里这么窝囊过下去，香草都快瞧不起他了。香草望着伏生时的眼神已经那样了，在这之前，她可从没用这种眼光望过伏生。

杨槐为了香草的眼神也要去当兵，杨槐心里一长草，日子就过得不安生起来，经常走神，在地里干活拔草时，经常把苗也一同拔了下来。杨老六有一天就叹口气说：槐，要不这么的，等下次伏生回来，你就跟他去吧。

杨槐没有等来伏生回家，有一天村里过八路军队伍，他便随八路军走了。他参了军才知道这是八路军冀中独立团。

伏生参加了国民党的中央军，杨槐参加了八路军。两个人的命运就有了起伏，有了故事。命运也就此展开了。

设　伏

八路军独立团得到了地下交通员从县城里送出来的情报，两天后有一小队鬼子要去地区执行任务，会途经帽儿山。

县城里驻着田野大队，有上千号人马，鬼子驻扎在城里，牵扯着八路军一个独立团，还有一个县大队，同时还有国民党军队的一个团。国民党部队似乎不想和县城里的鬼子一般见识，鬼子扫荡了，国民党的队伍就后撤五十公里，躲在一旁观望去了。等日本人回到县城，国民党的队伍又回来了。

冀中独立团和县大队不能躲，也没地方躲，他们的任务是保护冀中根据地。冀中根据地是八路军创建的，他们要保护胜利果实，打阻击战，也和田野大队打游击，总之，在缠着日本人，也阻击着日本人。独立团和县大队人数上加起来不比驻扎在城里的鬼子少，可武器装备就差多了，鬼子有炮，还有轻重机枪若干，弹药充足，打起仗来枪炮声就像刮风下雨一样，虎实得很。

独立团也有两门炮，缺腿少轮子的，轻重机枪也有几挺，那都是缴获日本人的战利品，可弹药奇缺。冀中根据地的大山里，也有八路军的一个兵工厂在生产弹药，缺铁少铜，更缺乏火药，生产出的炮弹和子弹远远满足不了战争的需求，有时子弹装在枪里还卡壳，要么就打不响。没有充足的弹药供应，独立团和县大队只能和田野大队的鬼子兜圈子，打打跑跑，很多时候，在武器弹药方面要捡鬼子的洋捞。偷袭一下日本人运送物资的支队，或者集中兵力端一两个驻扎在城外的炮楼。杀死几个鬼子，缴获几支枪。战争的规模小得很，这也是八路军依照自身实力所制定的游击原则，叫蚕食敌人。

冀中的独立团和所有当时的八路军一样，在中原开辟根据地的同时，牵制着鬼子，也蚕食着鬼子。

从县城到市里，帽儿山是鬼子的必经之路。县城驻扎着田野大队，市里驻扎着坂田联队。这两伙鬼子经常走动。独立团和县大队在县城里也有内线，鬼子一有动静，他们总能在第一时间获取到鬼子的情报，然后做出相应的对策。鬼子经常和八路军打交道，他们也学精明了，他们知道如何对付八路军的伏击，鬼子出发时，总是把队伍的阵线拉得很长，五人一股，八人一伙的，每五人或八人中，就会配置一挺轻机枪或重机枪，就是遇到伏击，这一小股敌人凭借充足的武器弹药，也能坚持两个时辰，八路军占不到任何便宜。他们这种分散的作战方法，相互策应，相互支援，经常让设伏的八路军顾此失彼，吃够了苦头。

如果八路军动用大部队设伏，县城和市里的鬼子，都是机械化装备，有车有马队，不用几十分钟时间就能过来增援，那仗可就打大了。日本人巴不得大部队作战，他们一直在寻找这样的机会消灭八路军，拔掉他们的眼中钉。八路军也不上这个当，对付日本人从来不整团作战，他们的思路明确，就是蚕食。

八路军无法有效地伏击鬼子，便改成了蚕食。鬼子有招，八路军有法。国民党驻扎在冀中的三一九团有个特别行动队。顾名思义，特别行动队总会执行一些特别的任务，这在当时的国民党队伍中屡见不鲜，各师各团为了应付一些突发情况，都有这样的特别行动队。特别行动队的人都会有些特长，能征善战的，枪法精准的，或者是会武功的。总之，国军特别行动队的人，都是一些在战斗中有特长的人。独立团学国民党三一九团的做法，也成立了特别行动队这样一个排，就是杨槐的三排。这个排从编制到称呼没有什么两样，只不过是集中了一些特殊的人才，他们大都是神枪手，有好多是老兵，作战经验丰富，练就了一手好枪法。八路军因弹药奇缺，一发子弹当十发用，迫使好多八路军战士练就了一手好枪法。

杨槐的三排是独立团的宝贝，这样的神枪手就有十几人，他们这个排在独立团执行任务时，经常会领受到一些光荣而又艰巨的任务。

县城里的鬼子要派一个小队去市里执行任务，具体什么任务不详，但这些并不重要，雁过拔毛，他们要蚕食一下鬼子。杨槐就领受了营长岳福常的任务，岳福常让杨槐带领一个班，于当天夜里潜进帽儿山设伏鬼子小队。设伏蚕食鬼子的同时，如能缴获一些鬼子的武器弹药这再好不过了，现在独立团的战士还有不少手里没有武器。独立团急需在敌人手里缴获武器，来武装自己。

三排长杨槐领受了设伏鬼子的任务，于前一天夜里潜进了帽儿山。

杨槐带着几个人分三处设伏，这也是相互保护支援的一种队形。杨槐带领三名战士突前，他们每人攀在一棵树上，一刻不停地观察着山脚下的那条小路。

说是小路其实就是一条羊肠小道，山里的猎人和采药人走出来的，日本人占据此地后，山里便很少来人了，小路也就荒芜了。另外两组，伏在他们身后，随时准备接应。

杨槐对这种设伏已经不陌生了，以前他也经常伏击鬼子。只要在射程以内，总会有所收获。鬼子一般都在执行任务，并不和他们做过多纠缠，放一阵枪，或打几发炮弹，便匆匆地走了，丢下几具尸体。这些尸体都有一个共性，那就是子弹无一例外地都射中了鬼子的心脏。鬼子先是惊讶，几次之后他们发现了这规律，再次执行任务时，他们在衣服里的心脏处垫上一块生铁或一块铜板，有时能收到效果。再后来，子弹就不射心脏了，改射击鬼子的太阳穴了，子弹贴着帽盔下檐，不偏不倚地从太阳穴这边进，那边出了。鬼子对八路军这种射击一直心有余悸，他们除了在前胸垫上生铁以外，把钢盔也低低地压下来，以此来躲避射来的子弹。

中午时分，太阳的光线斑驳地照在林间，就在这时，鬼子的小分队出现了。鬼子的小分队不是一下子出现的，先是五个人为一伍，端着枪警惕万分的样子。鬼子经常遭到伏击，时间长了，也就有了经验。大队人马出现目标就大，遭到伏击时就吃亏，于是精明的鬼子就把兵力散开着出来，即便遭到伏击，也是损失一部分。

杨槐的枪从树枝上探出去，枪已经做了伪装，树枝插在枪身上，浓密的树枝间只亮出了一支黑洞洞的枪口，那条羊肠小径上的鬼子，正在杨槐的射程之内。之所以选择这样的距离，也是设计好的，离鬼子太近，对伏击鬼子自然有利，可一旦暴露目标，遭到鬼子的反击，不利于撤退，只要在射程之内，杨槐就有把握百发百中。别说一个人在远处行走，就是飞禽走兽，在他的视线里停留那么一瞬间，只要让他抬起枪，把子弹射出去，便没有物件能逃脱他的枪口。杨槐和许多成熟的猎人一样，从来没有瞄准的习惯，常年打猎养成的习惯，飞禽走兽没有时间让猎人瞄准，举枪就射，完全凭的是一种感觉。对杨槐来说，伏击鬼子，要比射杀那些飞禽走兽容易许多。此时他蛰伏在一棵树冠里，枪口从日本鬼子出现早就亮了出去。经验告诉他这还不是射击的时候，大队人马还在后面，如果这时惊动了鬼子，鬼子的大队人马就有足够的时间摆开阵势，反击或者包围他们。他们这次设伏的主要任务，不是杀多少鬼子，而是要缴获鬼子的枪支。他要等待机会。

又一队鬼子十几个人弯着腰端着枪，鬼头鬼脑地在他的眼前经过，这是第二拨鬼子。身旁树上的王小三动了动，其实这种动只是轻微地移动了一下枪口，或者移动了一下僵直的身子，杨槐的目光移过去，发现王小三的目光也越过枝头望着他。他知道王小三这是有些急了，在询问他射击的时间，他的头只是轻微地摇了摇，告诉王小三要沉住气。王小三是他的徒弟，已经参军两年了，今年已经满十八岁了。王小三的枪法不是靠实战练出来的，完全是靠瞄香火头练出来的。冀中的八路军缺弹少药，每次战斗前，每个人能发十发八发子弹就很不容易了。一个神枪手的诞生，没有足够的弹药是培养不出来的。没有弹药，杨槐就让排里的战士练香火，一排香火插在墙角，两米开外是一支支长短不一的枪黑洞洞的枪口。

这种训练单调而又乏味，王小三等人就打哈欠，战士一打哈欠，杨槐就踢战士们的屁股，杨槐一边踢一边说：平时多流汗，战时少流血。这句口号在八路军部队里广为流传，每个人都明白其中的含义，但喊得久了，士兵们对这句话的含义也就麻木了，单调的训练让士兵们哈欠连连，每次打哈欠，眼里就充满了些水汽，有了水汽，几米开外的香火就模糊了。王小三就央求着：排长，放一枪吧，让大家伙精神精神。

杨槐不让士兵们放枪，营里有规矩，平时训练如果需要实弹射击得经营里批准。营长岳福常经常一手捏着一粒子弹，一手托着馍说：同志们，你们知道吗，一粒子弹能换十个馍呢。士兵们也是隔三岔五地吃到一回馍，馍在士兵们的心中就已经异常珍贵了。一粒子弹十个馍，可见子弹在士兵们眼里珍贵的程度了。杨槐不让士兵们放枪，只踢士兵们的屁股。王小三的枪法不是实战中打出来的，是让杨槐踢屁股踢出来的。

鬼子的兵又走过一列，又有十几个人的样子。杨槐在领受任务前得到的消息是有一小队鬼子，一小队鬼子也就百十来人，他要伏击鬼子的队尾，这样比较保险，前面的鬼子已经走远了，来不及接应，后面的又没有支援，相对而言，队尾的鬼子是孤立的。杨槐下定决心伏击队尾的鬼子还有一个理由，就是队尾的鬼子往往配备重火力，比如轻重机枪，这是鬼子的招数，把重头放到最后。杨槐下定决心要缴获几挺重机枪。

小路上，突然出现了几匹马，四五个日本人骑在马上，马脖子上还架了两挺轻机枪，马队后面是一群日本兵簇拥着一个中国人，确切地说是一位穿长衫戴礼帽的中国人。他的手从背后绑了，十几个鬼子簇拥着他，身后又是几匹马，马脖子上仍是两挺机枪。杨槐揉了揉眼睛，他有些吃惊，不知道那个中国人为什么会受到日本人如此重视。八路军得到的消息只是一小队鬼子要到市里执行任务，具体什么任务不得而知。看来鬼子负责的是押运这个中国人的任务，他是干什么的呢？

杨槐正在犹豫着，突然枪响了起来，先是一个人射击，接着又有两个人参加了射击。听枪声杨槐就知道这是中正式步枪。

杨槐看见两挺机枪和鬼子一同从马上栽了下去，他还看见被日本人裹挟的那名穿长衫戴礼帽的中国人，先是胸前中了一枪，身体突然被子弹击中，仿佛从前让人狠击了一拳，踉跄了一下，几乎跌倒，就在这时，脑门上又中了一枪，脑汁在子弹的惯性冲击下像一朵浪花，旋即便不见了。穿长衫戴礼帽的中国人直挺挺地倒下了。又有两个日本人倒下了，发生这一切时，只是一瞬间。

日本人反应过来，机枪、步枪一起向一个方向射去，那个方向就在杨槐他们设伏地点的右前方。

杨槐托着枪一时不知如何是好，正在这时他看见草在动，接着他看见王伏生抱着枪，王伏生身后跟着两个士兵，也同样抱着枪，借着树木草丛的掩护，快速地向山的背面跑去。鬼子的子弹蝗虫似的追着他们。

鬼子对这种伏击似乎早有准备，几匹马横冲直撞地追了过来，马后还有十几个鬼子，走在前面的鬼子也从斜刺里杀过来，他们的目标一律冲王伏生而去。

杨槐还看见跑在后面的一个士兵中枪了，身体重重地向前趴去。

王伏生的出现打乱了杨槐的伏击计划，以前设定好的所有计划都烟消云散了。几匹马越来越接近王伏生了，王伏生这时回头射击的话，只能来得及射杀离他最近的两个鬼子，也许第三枪他还来不及换子弹，鬼子就会冲到他的面前，他也许会被乱枪打死，也许会被活捉。

杨槐完全是下意识地射出了枪里的子弹，骑在马上跑在最前面的一个鬼子应声栽倒，王小三等人手里的枪也响了，追赶王伏生的鬼子又有几个倒下了。

追赶的鬼子突然遭到从背后的袭击，一时停止了追赶的脚步，伏在地上开始没头没尾地还击，枪声就乱作一团。

杨槐从树上溜下来，一切都是突然发生的，来不及去夺日本人丢下的枪支，在日本人后续部队增援前，他带着几个战士顺着一条小溪，钻过一个山沟，消失在帽儿山的深处。他们撤退路线是提前设定好的，只有撤退，他们是按着事先设定好的路线。

杨槐带着王小三等人，一口气翻过两座山头，他们才喘息着站定，回望刚才伏击的战场，那里已经死一样的沉寂了。刚才发生的一切，仿佛是一场梦境。

士兵们你望望我，我看看你，最后把目光就定在杨槐的脸上，王小三带着哭腔说：排长，我射了三颗子弹，可连鬼子的毛也没摸着。

杨槐没好气地说：归队。

杨槐头也不回地向山下走去。

士兵们垂头丧气地跟上。

婚　姻

王伏生又一次出现在八路军营地，确切地说是出现在杨槐三排的训练场上。此时的杨槐正在训练三排的士兵进行定位瞄准，战士们趴在炎热的太阳下面，瞄着前方一支支插好的树棍，杨槐不时地纠正着士兵的动作。

一场伏击战下来，虽然没有完成事前预定的缴获敌人武器的任务，但也在这次伏击中击毙了六名鬼子，没有损伤一名战士。伏击战结束之后，杨槐和执行任务的五名战士还是得到了营长岳福常的表扬。

王伏生的到来杨槐早就注意到了，但他头也没回。他早就料到王伏生肯定会来找他。他救了王伏生，如果不是他出手相救，王伏生此时也不会站在这里了。王伏生是个神枪手，他带的那几个士兵身手也不错，在伏击过程中杨槐已经看到了。但面对那么多鬼子的追击，枪法再准也派不上多大用场，神枪手是用来伏击的，而不是正面战场的拼杀，好汉难敌四手，说的就是这个意思。

太阳又一次西斜了，杨槐让一个班长把队伍带走之后，他才回转过身。王伏生就咧着嘴冲他笑着。

王伏生走上前来，一边笑一边说：槐呀，我们长官要请你喝酒哩。

杨槐说：那你和你们高队长说，这个情我领了，酒就不喝了。

王伏生的笑就僵在脸上，他抓抓头，一副无计可施的样子。

杨槐太了解王伏生了，两人从小到大，从南山到北山，王伏生不会说谎话，甚至编一个理由都困难。

杨槐望着王伏生就想到了香草，他的心疼了一下，但还是说：你回去吧，咱们俩之间的事用不着把你们长官扯上。

王伏生吭吭半天才又说：你帮了我们伏击，我该感谢你哩。

杨槐不想多说什么了，他拍一拍王伏生的肩膀道：要是饿跟我去吃一顿八路军的饭，要是不饿你就回去吧。

说完他转身就走了，这时伏生就在他身后说：槐呀，我和香草要请你吃顿饭哩。

杨槐的步子就停下了，他望着伏生，他有千条万条理由拒绝伏生的邀请，可他无论如何无法拒绝香草的邀请。

当他站在营长岳福常面前说明情况的时候，岳营长也正在为一件事情困惑着。杨槐伏击回来之后，把情况如实地汇报了，岳福常又把情况汇报给了团里，有一个细节引起了团首长的重视，那就是那名穿长衫戴礼帽的中国人到底是什么人，看来国军这次伏击是专门冲着这个人去的，日本鬼子派一个小队押解的也正是这个人。这人的身份有些特殊也有些复杂。

团首长对这些情况不得而知，岳营长更不知道，岳营长就得到了新任务——查清那个穿长衫戴礼帽的中国人的真实身份。

岳福常正困惑着，杨槐站在了他的面前，岳福常眼睛就一亮，说：团首长要摸清那个中国人的身份，王伏生来邀请你，你一定要去，最好能见他们的长官，摸清那个中国人的身份。

杨槐面对王伏生的邀请也无论如何都得去了。杨槐的本意就是想见香草一面，王伏生说香草过两天就要回去了。军营里不可久留女人，况且带家眷的待遇，只有相当一级的长官才有这个条件。王伏生是特别行动队的分队长，也就是个排级干部，还属于低级军官，这次能在军营里成婚，还是高队长替他争取来的。岳营长又交给他这样一项新任务，他心情沉甸甸地随王伏生走在路上。

八路军和国民党的军队相距十几公里，八路军驻扎在一个村庄里，国民党军队驻扎在一个小镇里。

路上杨槐就问：你们那天伏击，怎么就知道是我救了你？

伏生就咧着嘴，憨笑着说：槐呀，除了我，也就只有你有这样的枪法，你那几枪都是打的对眼穿，这是咱们猎人射杀猎物的标准枪法。

杨槐就想到岳营长交给他的任务，便又说：可你们打死那个穿长衫戴礼帽的人，却是先打中了胸，才又射中头的。

伏生就低下了头，神情复杂地说：槐呀，你不知道，是我该打第一枪的，可那人是个中国人，我下不了手，别人先来了一枪，我才补的枪。

杨槐的好奇心也触动了：你们执行任务，为什么要杀那个中国人？

伏生摇摇头：不知道，我们这次伏击任务就是杀那个中国人。长官说，保密！

杨槐便不再说什么了。两个人走进伏生临时住的那个小院里，已经是夕阳西下了。

香草一直站在小院门口巴望着，看见小路上走来的两个人，香草笑了，她没和伏生说话，却先和杨槐说：杨槐哥，你来了。

香草说这话时，脸还红了，低下头摸弄着自己的辫梢。

伏生眼睛亮亮地望着香草，他的脸是笑的，眼睛也是笑的。伏生声音滋润地说：鸡炖好了？

香草点点头。

伏生又说：酒烫上了？

香草又点点头。

杨槐站在小院里，他闻到了鸡肉的香味，也闻到了酒的香气。他看着忙进忙出的香草，心就那么悠悠地荡着，无着无落的样子。

香草在院子里支起了一个小桌，天擦黑了，香草又在院子里挂起了一个灯笼，灯笼是用红纸糊成的，红红的光线柔和地照着这个小院。

杨槐酒还没喝，就有些晕晕乎乎的感觉了。

伏生给碗里倒满了酒，站起来，潮湿地说：槐呀，这碗酒是我谢你的。

杨槐望一眼伏生，又望一眼香草，香草的脸依旧红着，头低低地垂着，几缕头发垂下来，香草就愈发地朦胧了。

伏生一口气把碗里的酒喝了，杨槐也一仰头喝了酒。以前两个人在家时，也偷偷地喝过酒，那是他们去城里卖猎物的皮毛，换了些钱之后，两人躲在小酒馆里，用些散碎银两，换些散酒，偷偷地小酌几杯。酒热之际，两人顺着山路往回走，已经是晚上了，月亮照着白色的雪，到处都有一种亮堂堂的感觉。这时两人心里都有一种说不出的甜蜜。杨槐偷偷给香草买了两尺红头绳，还有一块碎花布。伏生给香草买了一对银手镯。热热暖暖地揣在怀里，酒热，人热，那时两人的心里都是甜的。

面对此时的酒，杨槐已经换了心境，一碗酒下去，杨槐的头就有了一种晕晕乎乎的感觉。他望着眼前的伏生和香草，觉得他们很远，也很近。

杨槐就说：香草，你这两天就走哇？

香草就低着头说：杨槐哥，我明天就走。

杨槐的心就有一股说不出来的东西在涌。

伏生说：槐呀，明早香草就走了，给家里带啥东西不？

杨槐就想到了父母，心又热了一些，他最后还是摇摇头，半晌才说：草，你回去告诉我爸我妈，就说我这一切都好。

香草就又点点头。

伏生把酒又倒上，从兜里掏出两块银圆递给香草道：这两块钱你带上，就说是槐捎回去的。

杨槐望着伏生，一时不知说什么好。

伏生就说：这次伏击你们干掉了六个小鬼子，要在我们队伍上，能得十二块大洋呢。我知道你们八路军不讲这个，可我们队伍上讲，槐呀，到我们队伍上来吧，就凭你这枪法，逮着机会干掉百八十个鬼子不在话下，到那时，你就发了，有了钱娶个漂亮媳妇，就是不当兵，回家过日子也够了。

杨槐望着眼前的伏生，觉得伏生很虚很飘，那么近又那么远，他瓮声瓮气地说：伏生，我没你那个命。不说这个，喝酒。

他站了起来，举起酒碗说：这碗酒我敬你和草，祝你们幸福一辈子。

说完他一口把酒干了。

伏生也把酒干了。

香草就说：杨槐哥，别光顾着喝酒，吃鸡。

香草把鸡块夹在杨槐的饭碗里。

杨槐的心就有一种被撕裂的感觉。

月亮已经升了起来，歪歪地挂在小院的一侧。

小院外有了动静，伏生站起身说：高队长来了。

话音未落，高大奎影子似的就挤进了小院，他笑眯眯地望着杨槐。杨槐想站起来，不等他站起来，高大奎一双肥厚的手握住了他的手，一边摇一边说：感谢你救了我们的人，是我特意让伏生请你来的。

高大奎说完就坐了下来，他端起伏生的酒碗冲杨槐说：杨排长，真心感谢你。他不等杨槐反应，便把碗里的酒喝了，然后就满嘴酒气地说，杨排长，你看伏生的日子过得有味道吧，我们国民党部队是不会亏待有功之人的。伏生是我们的宝贝，我们自然要特别对待，你要是能来我们这里，我们特别行动队的副队长职务给你来做。

杨槐望着高大奎，突然又想到了那个穿长衫戴礼帽的中国人，他摇摇头说：我不会伏击中国人。

高大奎怔了一下，诡秘地笑了笑说：杨排长，伏生这次执行的任务的确是秘密的，那个中国人是我们的情报人员，被鬼子抓住了，押运到市里去审问，我们怕他变节，说出我们的秘密，就在中途上结果了他。谢谢你呀杨排长，你救了伏生。

杨槐在高大奎无意的谈话中掌握了营长岳福常交代给他的任务。他回来后向组织汇报了，县城的地下组织得知国民党情报人员被逮捕的消息，相应做出了调整，避免了地下组织暴露，这都是后话了，在这里暂且不提。

高大奎又一次站起来，眼睛发亮地说：杨排长，到我们这儿来吧，副队长的位置就是你的，只要你打死一个鬼子，奖励大洋两块，到那时，吃香的喝辣的随你。

杨槐觉得自己该走了，高大奎进门时香草就躲进了屋里。他站了起来，冲伏生说：伏生，我该回去了，要不营长该不放心了。

他冲屋里喊：香草，我走了。

香草没有回答，屋里静静的，他沉默了一会儿，转身向门外走去。

伏生过来小声地说：槐呀，都这么晚了，明天再走吧。

伏生仍沿袭着在家乡时的称谓，他脑子里呼啦一下就想到了在大金沟那些美好的日子。他回头又望了眼小屋，走出院门。

高大奎就在后面喊：杨排长，我跟你说的那事你再想想。

他头也不回地向前走去，小路上，月光如水，走了好远，他回头又望了一眼，小镇已经模糊一片了。

他刚参加八路军冀中团的时候，那时候正在家门口一带打游击，开辟根据地。只要路过家门口，岳营长那会儿还是连长，每次都让他回家看看。每次回家，他的心都狂乱地跳，当他站在家门前时，喊了一声：爸、妈，我回来了。

他这么喊其实不是给爸妈听的，而是给住在后院的香草听的。果然，他到了家不久，香草就会以借东西的名义出现在他家的院子里，然后像刚发现似的惊呼一声：杨槐哥，你回来了。

杨槐这时就会幸福地迎出来，两人心照不宣地门里门外地站了，两双目光亮晶晶地纠缠在一起。

杨槐说：香草，你还好吗？

香草就绯红着脸，一遍遍地把杨槐看了，然后惊呼道：杨槐哥，你长高了，也黑了。

两人这么说完就默默对望着。半晌，香草就没话找话地说：杨槐哥，你穿这身军装真好看。

杨槐听了这话，不说什么，他知道自己的军装不如伏生的军装好看。他身上这身八路军制服，已经旧了，胳膊肘还打着补丁。

杨槐的母亲就亲热地在屋里说：小香呀，你杨槐哥回来一趟不容易，屋里坐吧，吃了饭再走。

香草就红了脸冲屋里说：大娘，我还要回家干活呢。说完扭着腰肢，甩着辫子就跑了。

那会儿，杨槐望着香草的身影心里一漾一漾的。

杨槐有时在家会住上一夜，有时只吃一顿饭，便走了。每次走时，他都会站在院子里大声说：爸、妈，我走了。他说这话时，父母就站在他的身边。

父母把他送到门口，他挥挥手，头也不回急匆匆地走了。

他知道，香草这时一定等在村头的小溪旁。果然，他走到村口时，香草立在那里似乎已经等待多时了。

他顺着小路走，香草玩弄着辫梢陪着他往前走。他有一肚子话想对香草说，却又一时不知从何说起。

半晌香草说：杨槐哥，打鬼子可不比打猎物，枪子儿可不长眼睛。

他说：我知道。

她还说：杨槐哥，家里的事你放心，有我呢。

他又说：我知道。

她还想说什么，远处的部队里嘹亮的集合号就响了起来，他立住脚望着她说：我们部队集合了，你要好好的。

香草点点头，他硬下心，转过身就向部队集合方向跑去。跑到前面一个山岗，回头望她时，她仍立在那里望着他，他挥挥手再次转过身时，后背就暖烘烘的了。

后来情况就发生了变化，伏生的部队也经常路过这一带，每次回来，伏生都会给家里留下一些大洋，那是他伏击日本鬼子的奖励。

香草的母亲得了气管炎，病一天天加重，趴在炕上山呼海啸地喘。伏生每次回来都会到香草家看一看，从兜里掏出三两块银圆，放在香草母亲的枕边，然后冲香草说：给你妈买药治病吧，这硬挺着咋行。

香草母亲就说：伏生，好孩子，大娘这病有你就有救了。

香草也说：那就谢谢伏生哥了。

伏生就憨憨地笑一笑，望着香草用舌尖扫荡着嘴唇，腼腆地说：谢啥，咱们可都是从大金沟出来的。

伏生说完憨憨地就走了。

香草母亲就说：伏生这孩子好啊，从小就仁义。

香草听了这话并不说什么，拿着伏生留下的钱，给母亲抓药去了。

伏生经常回家，每次回来他兜里的银圆都叮当地响，从他银圆的数量上就能知道他伏击鬼子的数量。伏生把大部分银圆留在家里，总会剩下一些送到香草手上，他把捂得热热的银圆放在香草的手上说：给大娘抓药去，这病不治咋行。

香草就低下声音，潮潮地说：伏生哥，谢谢你了。

伏生又憨憨一笑就走了。

下次杨槐再回来时，香草就把伏生拿钱给母亲治病的事说了。

杨槐就上下摸着自己的兜，上衣兜是空的，裤子兜也是空的。

香草就说：杨槐哥，你们八路军不伏击鬼子吗？

杨槐说：伏击，我们刚和鬼子打了一仗。

香草不解地问：你的枪法比伏生的不差，为啥伏生能打死鬼子你不能？

杨槐想到了那些银圆，便说：我们八路军不讲究那些。说到这低下头说，况且，我们八路军没有钱。

后来，杨槐当上了排长，伏生也当上了特别行动队的分队长，是少尉军衔。伏生不仅有伏击鬼子的奖励，还有了不菲的军饷。伏生再回来，兜里的银圆又丰厚了许多。

香草的母亲在一个冬天的早晨，终于要不行了，她让香草把王伏生一家人以及杨槐一家人叫到了炕前，她拉着香草的手，看看这个，望望那个，捯着气说：她叔她婶呀，我活不动了，这孩子以后就托付给你们了，这一年半晌的，我们家没少花伏生的钱，我死了，没法报答你们了。就让伏生娶了香草吧。

香草就哭着叫了声：妈……

香草母亲就说：跪下……

香草还喊：妈……

香草母亲最后说：跪下……

香草就跪下了，跪在了伏生的父母面前。山带王就扯着嗓子喊：香草娘，听好了，以后有我们家吃干的，就不会让香草喝稀的。

如果香草顺理成章地和杨槐结婚了，故事就是另外一个样子了。

炮　　楼

鬼子把县城当成了据点，偶尔出来扫荡一下，或者执行任务出来，大部分时间都会躲在县城里。县城四周筑着城墙，鬼子在城墙周围筑了工事，有兵把守，轻重机枪长长短短地在工事后面探出头来，鬼子在县城里就很踏实的样子。

鬼子偶尔从城里出来，也都是成群结队的，有摩托和骑兵开道，后面是步兵，锣鼓喧天的，弄的动静很大，其实在给自己壮胆。

每次只要鬼子一出来，都会遭到伏击，有时是八路军打的，有时是国民党三一九团设的伏，总之，鬼子的日子过怕了，惶惑得很，只有躲在城里才是最安全的。

鬼子一味躲在城里很被动，于是就想了个办法，在县城的四方各修了一个炮楼，炮楼很大，很坚固。这四个炮楼修起来，就像鬼子从城里伸出来的四只脚，随时张扬着要向前迈动的样子。

在这之前，八路军独立团和国民党的三一九团都动过攻打县城的心思，鬼子驻扎在县城里，有七八百名鬼子，还有坚固的城墙和精良的武器装备，要攻打县城并不容易。五十里外的市里还驻扎着鬼子的一个联队，也有三四千人。攻打县城不是一时半会儿就能得手的，市里的鬼子肯定要来支援，这样一来战局就乱了。

国共两党也曾商量过联合攻打县城，最后因意见分歧太大，只能无果而终。

鬼子在县城外修筑炮楼，就像是对八路军和国民党三一九团挑衅的旗帜。

营长岳福常把杨槐叫到了营部，岳营长就背着手在营部里团团乱转，一会儿把手指握成拳头，又一会儿把五指伸开，总之激动得很。

杨槐跟岳福常好几年了，他刚入伍时，岳福常还是个连长。每次岳营长激动都会这么焦灼不安的样子。

杨槐就说：营长，又有什么任务，你就说嘛，你这一转，我头晕。

岳福常就立在杨槐面前，青筋毕露地说：小鬼子太不是个东西了，太嚣张了，他们从城里又伸出四只腿来，咱们得让他们把腿收回去。

杨槐就领受了拔鬼子炮楼的任务。

杨槐带着一个班的士兵来到县城外的时候，才对这四个炮楼有了初步的认识，四个炮楼呈掎角之势，他们之间虽然不能相互支援，但火力点呈一个扇面，背靠着县城，进可攻，退可守，无形中，他们的势力范围扩大了许多。

炮楼周围是一片开阔地，别说一棵树，连根草都没有留下，别说拔掉炮楼，就是接近炮楼都很困难，白天有十几双眼睛一刻不停地盯着，就是到了晚上，炮楼里的探照灯，每隔十几秒就扫过一次，通往炮楼的开阔地，亮如白昼。

杨槐把这一情报汇报给岳营长了，岳营长就咬牙切齿地说：这是欺负老子没有炮哇，老子要是有炮，非崩平了鬼子不可。那就蚕食它。

杨槐自然明白蚕食的意思，他在排里挑了几名精兵，营长岳福常把全营中正式步枪子弹收集了近百发，沉甸甸地交给杨槐。杨槐知道这差不多是全营的全部家当了。全营共有几十支中正式步枪，子弹奇缺，营长能拿出一百发子弹交给他，可见营长对他支持的力度。杨槐把子弹背在身上，有一种当上了富翁的感觉。

杨槐和几名战士是在黎明时分潜进县城东门炮楼下的。炮楼向东，先是有两千米左右的开阔地，然后就是一片高低不平的河滩了，河滩便成了杨槐几个人的潜伏地。他们各自找好掩身地点，便等着天亮了。

东方的天际先是一抹鱼肚白，后来又是一片红晕，接着太阳又冒出一片芽，天就亮了。

炮楼先是一个模糊的轮廓，不久黑乎乎的一个庞然大物呈现出来。炮楼分三层，每层都有枪眼，鬼子就从枪眼里向外瞭望着，一层底下还用草袋筑起了一排掩体。

天亮了，透过枪眼可以看到鬼子活动的身影，有的在伸懒腰，有的在唱东洋歌，调子侉里侉气的，很不动听。他们此时还不知道，这时已经有几支枪口瞄向了他们。

杨槐等待这样的机会已经好久了，可惜的是炮楼的枪眼还不够高，也不够大，小小的枪眼只露出鬼子的脖子，或者胸。对于喜欢射杀头部的杨槐来说，有些意犹未尽。

杨槐看了眼周围几个战士，战士们也都已经做好了射击的准备。杨槐就低声下达了射击的命令。

几发子弹在枪响后，穿过晨光准确无误地顺着炮楼的枪眼射了进去。晃动在枪眼里的几个鬼子身影，顷刻就不见了。片刻之后，鬼子如梦初醒。机枪、步枪子弹冰雹一样劈头盖脸射了过来，子弹击在杨槐几个人的周围，他们抬不起头来。

杨槐知道这么趴下去没有意义，他打了一个滚，向侧后方移动过去，他刚才只来得及射出一颗子弹，他顺着子弹看见那个长着很白脖子的日本兵，还有子弹穿过他的脖子的情景，他又推上了第二发子弹，还没等找到目标，鬼子的枪就扫了过来。

他三滚两滚就滚到了另外一处，敌人还没有发现他隐蔽的地方，他探出枪，瞄都没瞄，就射了一枪，他这次看见一个机枪手开了花，身子一抖，便仰躺下去。接下来，敌人的子弹就压得他抬不起头来了。

他听见子弹嗖嗖地在他头顶上飞过，他翻转过身子，仰躺在地上，太阳照得他眯起眼睛，子弹撕裂了空气，啸叫着飞过。这时他不知为什么又想到了香草。香草是走在回家的路上，还是已经到家了？他一想起香草，心里就有种热热的感觉。

敌人射了一会儿，又射了一会儿，枪声终于稀疏下去。他冲几个士兵喊了声“撤”便夹着枪，三滚两滚地顺着河滩撤了下来。

撤出射程之外，他冲着鬼子炮楼又打了一枪，惹得鬼子的枪声又一次大作。这次蚕食鬼子的结果，射杀了五名鬼子，我方无一伤亡，耗损子弹六发。有一粒子弹没能射进枪眼，打在枪眼的边缘上，飞掉了。

这次蚕食炮楼里的鬼子，以最小的代价，换来了最大的成果，得到了营长岳福常的表扬，岳营长握着杨槐等人的手，一边用力地摇一边说：太好了，照这样下去，不超过三个月就能消灭城里的鬼子。故事却并不像想象的那样美好，两天后，杨槐又带着一组人去蚕食炮楼的鬼子时，发生了一件让他汗颜的大事。

第二次接近敌人的炮楼，杨槐仍然照搬第一次胜利的经验，半夜时分潜进了鬼子的炮楼前那片河滩上，在暗夜里他们找好了掩体，也看清了撤退的路线，他们就等着天亮了，如果不出意外，中午时分他们就能返回八路军驻地，去吃午饭了。

天终于亮了，东方天际的鱼肚白转成一抹红色之后，整个炮楼已经尽收眼底了，这次却和上次不同，整个炮楼死气沉沉的，仿佛鬼子仍在睡觉，或者是人去炮楼空掉了，然后日本鬼子的膏药旗在炮楼顶端，在晨风中，半死不活地抖着。

杨槐诧异地端着枪，搜寻着，他的目光从一个又一个枪眼里望进去，每个射击孔都是空的，然后就是静，静得有些神秘。

杨槐的枪口随着目光游移着，刚开始，他的中正式步枪口，只探出一点，他是怕暴露自己的目标，几个战士也学着他的样子四处搜寻着，小心而又谨慎。

太阳一跳，跳出了地平线，照得四周一片明晃晃的。

杨槐看到自己探出掩体的枪管射出一缕光，反射到炮楼里。

这时埋伏在他身边的满堂小声地说：排长，鬼子这是睡死过去了吧，咋一点动静也没有，是等还是撤？

杨槐没有说话，这话不用满堂问，他已经在心里问过自己几次了。他正在犹豫着，如果就这么不声不响地撤了，和上次执行任务相比差距太大了。鬼子突然一点踪迹没有了，让人感到不安。他活动了一下身子，把枪口又往前探了探，他做好了随时射击的准备。就在这时，杨槐只感到一股炙人的热浪迎面扑了过来，接着就是一声巨响，其实响声并不巨大，只不过在这沉寂得要死的早晨里便显得有些惊心动魄了。

杨槐怀里抱着的中正式步枪炸膛了，枪被炸成了两截，枪管已经扭曲变形了，硝烟从枪膛里蹿出来，让杨槐的脸立马黑了。伏在他周围的几个战士，听到这一声响，都爬过来。满堂离他最近，声音不高也不低地喊了一声：排长。

杨槐一时没有反应过来，那股突然而至的炙热，变成了一缕硝烟和一声惊天动地的炸响，眼前先是金光四射，然后又是一黑，直到现在他才看清光亮。他不明白，好端端的枪为何就突然炸膛了，他并没有射击，在这之前他正在一心一意地搜寻着射击的目标，右手食指还在扳机上扣着，只是轻轻地搭在那里，随时准备射击，但却没有扣动扳机。

他把那支扭曲变形的枪抢回来，只顺着枪口看了一眼，便什么都明白了。这枪不是自己炸的膛，而是对方的子弹射中了他的枪筒，子弹横冲直撞地钻进他的枪膛和他已经上了膛的子弹撞击在一起，最后发生了爆炸，杨槐意识到了这一点，他倒吸了一口冷气。他意识到，他们遭到了鬼子的伏击，对方也是名神枪手，他们在寻找敌人破绽的时候，对方也在暗地里寻找着他们，这么想着，他的冷汗就下来了。他不怕敌人的机枪和排子枪，那是敌人冲着一个方向射击，在敌人眼里没目标，又到处都是目标，这样的子弹很好躲避，可面对敌人的神枪手却不一样了，他们时时刻刻在敌人的枪口之下、危险之中。只要是神枪手就会弹无虚发。

杨槐意识到这一点，他抹了一下脸，低声命令道：撤，快撤！

几个战士不明白排长的用意，不解地望着杨槐，满堂说：排长，咱们还没收获呢。

杨槐做了一个手势，便率先按照早就设计好的撤退路线滚过去。河滩上有几个沙丘，那是他们早就找好的掩体，只要他们相继滚过去，利用沙丘的掩护，然后就是河床了，河床有半人高，他们弯着腰就可以行走，再向北跑一阵，就是直起腰，鬼子也拿他们没有办法了，他们已经离开了鬼子的射程。

杨槐刚滚到第二个沙丘后面时，一发子弹便飞了过来，击中第二个沙丘和第三个沙丘中间一块石头上，子弹飞了，发出一声啸叫。目测判断，从第二个沙丘到第三个沙丘，有五六米远的距离，如果狂奔过去，就是一瞬间，但是这个速度还不敌子弹的速度。也就是说，敌人已经切断了他们后退的路线，几个战士相继从第一个沙丘滚到了杨槐身边，还没等杨槐发出新的命令，一个战士便向第三个沙丘扑过去，一声枪响之后，那个战士大叫一声，趴在那里不动了。

杨槐喊了一声：四喜。

四喜扭过头，歪曲着脸叫了一声：排长，我中枪了。

四喜在距他们几米远的沙丘后趴着，鲜血顺着裤腿流了下来。突然而至的疼痛让四喜颤抖不止。

满堂想过去帮四喜，让杨槐一把拉了过来，他知道这时候冲过去，无疑就是送死。从开始到现在敌人只打了三枪，第一枪让他的枪炸膛了，第二枪打到了石头上，第三枪就击中了四喜的腿，看来他是遇到了真正的对手。

他命令着四喜：爬过去，快点爬过去。

四喜一边哼哼着，一边向前蠕动着身子，他终于爬到了第三个沙丘后。杨槐从挎包里拿出一卷纱布，扔给了四喜，四喜接过纱布，抖颤着身子把受伤的腿缠上了。四喜似乎安静了一些，抖着声音说：排长，你们千万别过来，鬼子也有神枪手了。

杨槐把满堂的枪要过来，他让另外几个战士隐蔽好。他从沙丘侧面探出头，还没有定过神来，一发子弹便飞了过来，子弹带着风声，把他的帽子打飞了出去。帽子上檐被击了一个洞，如果他的头再抬高一寸的话，子弹就击中了他的头。

杨槐用脚把帽子钩过来，他斜靠在沙丘上，怔怔地看着帽子，他知道，白天是无法撤出去了。敌人的狙击手已经封锁住了他们后撤的路线。

四喜打摆子似的哼哼着，缠满纱布的腿很快又被血水浸湿了。四喜就说：排长，我冷，冷得要命。

杨槐说：四喜，你要挺着，挺到天黑咱们就撤。

后来四喜又说：排长，我渴呀，喉咙都着火了。

河滩下就有一条溪流，距离他们也就一百多米的样子，可是他们过不去，刚开始，满堂几个战士把这次伏击当成了一件很好玩的事，像上次一样，轻轻松松地来，放上几枪，然后轻轻松松地回了。排长的枪炸膛，他们并没有意识到危险，以为是自己炸的膛，四喜的腿被击中，他们觉得那是意外，排长的帽子被打飞了，他们才感受到，自己此时真的很危险了。他们没有退路。

他们已经和鬼子打过无数次交道了，如果在以往，鬼子在这时会拼命地射击，枪声响得跟炒爆豆一样，那时，他们心里很有数，敌人的机枪响上一阵子，然后就会停下几秒，那是敌人在换弹夹，有这么几秒钟的时间，他们可以冲出去几十米，有这么三两次，他们就会撤退到安全地带，然后扬扬手潇洒地和鬼子告别，可是这次却完全不一样了。

四喜喊完冷和口渴之后，就不说话了，杨槐就让战士们轮着班地呼喊四喜，他怕四喜睡过去，睡过去是很危险的，以前有好多战士就是因为流血过多，睡过去便再也醒不过来了。刚开始，四喜还在答应，到最后四喜就不再理会喊声了，歪着头，沉沉地昏了过去。

杨槐只能盼着黑夜早点降临了，盼星星，盼月亮，星星月亮终于出来了。杨槐带着几个人，抬着失血过多的四喜踉踉跄跄地从河滩上撤了下来。

岳福常早就带人迎候多时了。

神枪兄弟

鬼子在炮楼里吃了亏，田野大队长暴跳如雷，平静之后，他想起了号称田野大队神枪手的小林太郎和小林次郎。两人是亲兄弟，哥哥太郎今年二十五岁，次郎二十一岁。他们都是战争爆发前参的军。

两人参军前是富士山脚下的猎户，两个人的父亲是猎户，爷爷也是猎户，到了他们这里已经是第三代猎户了。如果对华战争不爆发，他们也许仍在美丽的富士山脚下过着平静的猎户生活。

太郎到中国已经有几个年头了，次郎是去年才来到中国的。太郎参加过几次大的战斗，攻打武汉的时候，太郎就是联队中出色的神枪手了，他坚守的阵地，歼敌最多，伤亡最少。

田野那会儿还是中队长，他为拥有太郎这样的神枪手而感到骄傲。武汉城外的阵地，狼烟四起，战火纷飞。那会儿的田野中队，在中国军队冲锋的过程中，面对着成群结队的中国军人，太郎射出了一颗颗子弹，弹无虚发。对付嗷嗷乱叫的大部队，有轻重机枪手，还有炮兵阵地的支援，太郎只对付那些指挥官，中国军队的连长、营长，甚至团长，纷纷倒在太郎的枪口下，没有了指挥官的部队，就如同一盘散沙，不战而败了。

后来，他们发起了反攻，反攻时，他们射击那些机枪手，太郎亲眼看到一个又一个机枪手倒在他的枪口下，他还看到日本士兵在中国机枪手倒下后，潮水一样地蜂拥而上的情形，溃退的中国军队就像被割倒的麦子一样，纷纷倒下了。

田野中队长后来升任了大队长，田野大队长能有今天，太郎可说功不可没。是太郎的神枪缔造了田野中队和大队的神话。田野升为大队长时，太郎也成了中队长。不久，次郎也来到了中国，现在也是名营长。

田野本想通过炮楼扩大自己的领域，没想到出师不利，第一次交战就损失了五名战士，田野意识到，这次他遇到了真正的敌人。炮楼里配备了轻重机枪若干挺，有几十名鬼子和几十名伪军，加上炮楼的掩护，战斗力不会小于一个中队。他不怕中国军队正面攻打，中国军队没有大炮，只有手榴弹和子弹，这样的火力对炮楼来说，构不成任何危险，依托着炮楼，他进可攻，退可守。有了炮楼，县城更加固若金汤。没想到，在炮楼里的第一仗就遭到了重创。这对田野来说无疑是奇耻大辱。他知道，这是敌人的神枪手的作用。说到神枪手，他就想到了太郎和次郎，他们这个大队现在拥有两名神枪手，他要以其人之道，还治其人之身。在这种形势下，太郎和次郎上了炮楼，这一仗，太郎和次郎的火力压制住了八路军神枪手的火力。

太郎一枪击中了杨槐的枪口，次郎一枪击中了四喜的腿。神枪手不会轻易开枪，一开枪一定就会有所收获。炮楼里只放了这四枪便打哑了八路军神枪手的火力。

天色渐晚的时候，探照灯亮了起来，八路军撤退前，只击中了探照灯，在漆黑之下，借着月色，八路军撤退了。击中了一只探照灯成为了八路军这次唯一的收获。

太郎和次郎出师告捷，八路军小分队撤退后，田野大队长来到了炮楼，从城里带来了酒和菜，全炮楼的几十个日军来了一次联欢，中心议题就是为太郎和次郎庆功。田野大队长还从城里搬来了电唱机，唱片播放的是《梅花赞》，一个女人用如诉如泣的声音唱着关于梅花的故事。在这歌声中，好多日本士兵都喝多了，他们在歌声中想到了自己的家乡，在这遥远的异地，望着陌生又清冷的月亮，他们的心情就异样起来。

酒酣耳热之际，田野大队长把太郎和次郎叫到了一边，低声地说：你们的任务才刚刚开始，中国的神枪手不会甘心失败的，你们代表大和民族，不能败在中国人的手下。

太郎和次郎站在田野大队长面前，他们觉得身上的责任非常重大，暗夜里，微弱的光线中，他们的眼睛泛着泪光，责任让他们浑身发颤。

田野大队长走了，炮楼里安静了下来。太郎和次郎两人爬到炮楼的顶端，他们熄灭了探照灯，躺在炮楼的顶部，望着异国的月亮，那首《梅花赞》的旋律仍在耳边回响着。在这样的夜晚，他们很想家，富士山脚下，有着泉水的山坡旁，那就是他们的家。

半晌，太郎问次郎：美代子变得怎么样了？

他不知道是第几次这样问次郎了，美代子是他的恋人，他二十岁那年离开富士山，来到了中国，美代子那年十八岁，比次郎还要大上两岁。现在算起来，美代子也有二十三岁了。他每次这样问，次郎都要绘声绘色地把美代子描述一番。美代子的全名叫山口美代子，是富士山脚下经营温泉旅馆老板的女儿。也许是富士山的水好、山好，美代子从小就出奇地聪慧，随着年龄的增加，美代子的美丽也渐渐地显现出来，一双水汪汪的大眼睛，皮肤白细圆润。

没参军那会儿，每个星期太郎都会下山，来到小镇上看望美代子，美代子的头发似乎总是湿漉漉的，一双含羞带露的眼睛水汪汪地望着太郎。太郎也是个英俊的小伙子，猎人的勇敢和刚毅写在脸上，让少女美代子心旌摇摇。如果太郎不参军，他一定会娶了美代子，他们在富士山脚下，成家立业，过自己的日子，炊烟、温泉、雪山，构成了一组世俗的美丽景象。

此时的次郎只能把回忆揣在胸间，他一遍遍地回忆着美代子的音容笑貌，美代子似乎在遥远的天边，又似乎近在眼前。在次郎的描述中，太郎笑了。半晌过后，太郎就说：战争要是结束该多好哇。

次郎手枕着胳膊，望着头顶清冷的月光，少年不识愁滋味地说：中国人的枪法也没什么出奇的，我要让中国人尝尝日本猎人的好枪法。

太郎纠正道：不是猎人，是军人。

次郎刚来到中国一年，他对身份的转换还很模糊。次郎听了哥哥的话无所谓地说：反正都一样。

两人说到这便不多说了，眼神飘忽地望着头顶那轮弯月。

半晌，又是半晌，次郎又问：哥，你说那些中国军人现在干什么呢？

太郎把目光从天空收回来，含混地望着次郎，他没有说话。

杨　　槐

杨槐自从参军，到现在还从没打过这么羞辱的仗。以前和日本人交锋，他找好一个掩体，不管日本人多少，只要子弹充足，他总是弹无虚发，他射击的重点是鬼子的轻重机枪手，还有鬼子的指挥官。如果不射中鬼子的头颅他都会感到失败，为那一枪的偏差懊恼几天。

这一次伏击战，不但没有打死打伤一名鬼子，反而让自己的枪炸了膛，四喜还身受重伤。他带着几个人撤出战斗的时候，岳营长带着人前来接应他们。他把那半截炸了膛的枪往岳营长面前一扔，便蹲在地上，喘着粗气说：营长，我没完成任务，你处分我吧。

岳营长一面派人抬着四喜先撤下去，一面拾起地上那支炸了膛的枪仔仔细细里里外外地看着。半晌，岳营长把枪扔在地上，只说了一句话：杨槐，你遇到高手了。

说完这句话，岳营长就掉头走了。

杨槐望着岳营长走进暗夜里的身影，他站了起来，拾起地上那支残枪，向营地奔去。

那天晚上，他坐在四喜的手术室门外，听着四喜爹一声娘一声地叫，他一直就那么坐着。

在这期间，岳营长来到他身边，蹲在那里望着他，什么也没说，站起身时才说了一句：咱们的麻药没有了。四喜腿上的子弹已经取出来了。别在这儿蹲着了，回去吧。

岳营长走了，他没动，仍坐在那里，屁股下的土地从温热转凉，四喜哭爹喊娘的声音也弱了下来。

天渐渐地亮了，四喜经过一夜的哭喊，似乎累了，或者昏睡了过去，总之四喜不再喊叫。杨槐站了起来，拍了拍屁股上的土，他走到营长岳福常房门前。有士兵在门前站岗，看见走近的杨槐没有说话，只是点点头。杨槐此时还背着那支炸了膛的残枪。这时，岳福常从屋里走了出来。他望一眼杨槐说：那支枪废了，扔了吧。

杨槐立在那里，似乎是怕谁把那支残枪抱走了似的，用力地往身后又背了背。杨槐说：营长，让我再去伏击一次吧。

岳福常立在那里看了半晌杨槐道：这事团里都知道了，损失了一支枪，还伤了一个战士，团里很重视，已经下令暂时停止伏击敌人的炮楼了。

杨槐僵在那里，大口地喘着气说：营长，再给我一次机会吧，要不然我会睡不着觉的。

岳福常叹口气说：团里得到最新的消息，鬼子从联队里调来了两名神枪手，专门对付我们伏击的，伏击的仗没法打了，听从命令吧。

岳营长说完走出营部，他要去检查士兵的晨练了。

杨槐喊了一声：营长……

岳福常转回头说：鬼子现在是两个神枪手，他们又躲在炮楼里，你一个人怎么能对付他们。快回去带你们排训练吧。

说完头也不回地走了。

杨槐回到排里，士兵们也一副垂头丧气的样子，他们小心地拿过那支残枪看了，都没说什么，最后又把残枪递到杨槐手上。杨槐宝贝似的抱着那支残枪，他不敢望排里人的目光，直愣愣地望着远处。

他突然冲站在不远处的满堂说：满堂，你带队去训练。

满堂是三班长，应一声，带着队伍出去了。此时杨槐下了一个决心，这个决心是瞬间下定的。下定决心的杨槐，背着那支残枪一耸一耸地走了。

杨槐来到了王伏生的驻地，此时快近中午了，王伏生带着士兵们刚训练完，围在一个打谷场上正在休息，士兵们围着王伏生有一句没一句地拿香草和他开着玩笑。王伏生一副不好意思的样子。

王伏生看见杨槐来了，便收起笑容，有些惊讶地望着杨槐。杨槐把背上那支残枪扔到王伏生面前，王伏生就说：槐呀，你这是咋的了？

杨槐就把目光定在王伏生的脸上，冷冷地说：伏生，我打了败仗，遭鬼子算计了，你得帮我一次。

王伏生从残枪上移过目光，定在杨槐的脸上，他看到了杨槐充满红血丝的眼睛。

杨槐又说：上次伏击日本人，我也算是救了你一命，这次你一定得帮我。

王伏生就说：槐呀，你的事就是我的事，你说怎么个帮法。

杨槐说：城里的鬼子，调来了两个神枪手，这次我就是败在了他们的手上。我一个人对付不过他们，吃了亏，你这一次一定得帮我。

王伏生就说：我帮你没问题，可我们有纪律，我得问我们高队长，他同意我才能帮你。

杨槐一屁股坐在打谷场上，抱起那支残枪道：那我等你。

王伏生就慌慌地走了，不一会儿他带着高队长回来了。

高大奎一见到杨槐眼睛都笑得眯成了一条缝，上去握住杨槐的手道：杨槐老弟，听说你吃了败仗，这没什么，打仗嘛，胜败乃兵家常事。

杨槐就说：高队长，我是来跟你借伏生的，你是借还是不借？

高大奎就背着手在打谷场上踱了几步，拉着腔调说：杨槐老弟，咱们现在是国共合作，都是抗日，按理说派几个人帮个忙这没什么，可我们有我们的作战计划，随便派人肯定不合适。

高大奎说到这就不再说话了，笑眯眯地望着杨槐。

杨槐看一眼王伏生，又看一眼高大奎，转身欲走。

高大奎忙说：杨槐兄弟慢走，理是这么个理，但你来了，你和伏生是好兄弟，上次又救过伏生，这个忙我帮了。

杨槐背着那支残枪回过身来道：高队长，我还要向你们借一支枪、十发子弹，等我这次回来就还你。

高大奎笑一笑道：还用什么，你尽管说。

杨槐大声地说：谢谢队长，这些就够了。

杨槐背着借来的枪，带着十发子弹，在那天下午和伏生两人就出发了。

高大奎望着杨槐和王伏生远去的背影，冲队伍喊了一声：集合！

双枪伏击

炮楼还是那个炮楼，只不过时间不再是晚上，而是改成了下午时分，太阳偏西一些，明晃晃地照耀着炮楼和四野。杨槐领着王伏生先是潜进了一片树林，炮楼已经遥遥在望了，这并不在他们的射程之内。他们潜下河滩，借助沙丘和河床交替前行，此时的炮楼已经清晰可见了。炮楼顶上的一个日本兵，持着枪踱着步子，在炮楼顶端张望着，他做梦也没想到这时会有人来伏击炮楼。

炮楼下的伪军，借助工事的掩护，坐在掩体后面吆五喝六地玩着纸牌。还有两个日本兵斜挎着枪倚在一棵树下吸烟。两天前的大捷，让日本人放松了警惕。

杨槐和王伏生在相距三十米左右的地方埋伏下来，眼前的敌人到处都是活动的靶子，只要一抬枪就会倒下一个日本兵。杨槐望了一眼王伏生，王伏生已经悄悄地把子弹推上了膛，杨槐见王伏生做好了掩护自己的准备，他手举枪响，炮楼上的日本兵便一头栽倒了。

杨槐出枪之后，便马上把枪收了回来，顿时炮楼便大乱了，刚才还歌舞升平的炮楼，被一阵杂乱的脚步声和紧张的作战命令所取代了。杨槐射完一枪，又推上了一颗子弹，他又一次出枪，刚才在树下正往炮楼奔跑的一个士兵倒下了。

他在收枪的同时，一发子弹沿着他的掩体上端飞了过去。

就在这时王伏生的枪响了，枪响之后，炮楼内几乎同时也传来一声巨响，半截枪筒从炮楼上掉了下来。

杨槐望一眼王伏生，王伏生只是笑了笑，这次伏生总算是报了一箭之仇。杨槐冲王伏生挥了一下手道：撤！

王伏生把枪提在手里，从一个沙丘向另一个沙丘滚去。

炮楼内的枪声又响了，打在伏生刚滚过的沙丘身后，也几乎同时，杨槐手里的枪响了，子弹准确无误地顺着炮楼的枪眼，射进了炮楼，击在了小林太郎钢盔的边沿，巨大的力量让小林太郎一屁股坐在了地上。

杨槐携着枪向另一个沙丘滚过去。子弹追着他射过来，只差那么一点点就射中了。王伏生的枪也响了，子弹击中了小林次郎的枪身，金属撞击发出清脆的响声。

小林太郎和小林次郎两个神枪手遭到了重创之后，炮楼里的敌人才醒悟过来，轻重火力一起响了起来。

经历过无数次大小战斗的杨槐和王伏生直到这时才松了一口气，他们不怕鬼子这种乱射，他们只几个跳跃，便从河滩钻进了树林，鬼子的子弹射在树冠上，一阵乱响。

两个人已经收起枪钻出了树林，当他们俩登上一个山坡时，发现高大奎带着大约有一个排的兵力掩在树后接应他们。见到两个人过来，高大奎从树后走了出来，他笑着拉过王伏生上下看了看，又拉过杨槐看了看，然后说：恭贺两位英雄毫发无损，毙敌两名，击中枪支两具，收获很大，可喜呀。

杨槐把那支借来的枪递给高大奎，又从兜里掏出剩余的子弹也一同递了过去。

高大奎没接，仍笑眯眯地望着杨槐，从兜里摸出几块银圆递给杨槐。杨槐不解地望着高大奎，高大奎就说：你杀鬼子有功，这是奖励你的。

杨槐把枪和子弹塞到王伏生的手里，冲高大奎抱了抱拳道：谢谢高大队长借枪借子弹，日后有机会一定报答。

说完转过身向山坡另一侧走去。

高大奎的笑就僵在脸上。他冲着杨槐的背影摇了摇头。

王伏生就说：杨槐救过我，这次也算是帮了他一回。

高大奎把银圆收起，望着王伏生说：要是你们俩能够在一起，咱们特别行动队可以说是如虎添翼呀。

王伏生舔了舔嘴唇，望着渐渐远去的杨槐背影无声地叹了一口气。

杨槐转过一个山坳之后，营长岳福常带着十几个战士气喘吁吁地跑了过来，杨槐看见岳营长就立住了脚。岳营长气喘吁吁地站在杨槐面前不认识似的打量着他，见他毫发无损，一屁股坐在地上，抹一把头上的汗才说：杨槐呀，你这是去哪儿了？哨兵报告县城方向有枪声，我一想准是你小子，我就带人来接应你了。

杨槐淡淡地说：我替四喜报仇去了。这次也废了鬼子两支枪。

岳营长就立起了眼睛，指着杨槐的鼻子说：杨槐你胡闹，打鬼子伏击这么大的事，你都不报告一声，自己做主就去伏击鬼子了！

岳福常上上下下地又把杨槐看了一遍，最后发现了杨槐身后那支残枪：你就用它伏击的鬼子？

杨槐低下头道：枪我找高大队长借的。

岳福常就不说话了，他瞪着杨槐，一时不知如何是好的样子。

杨槐就又说：营长，我犯了纪律，你处分我吧，这仇要是不报，我会睡不着觉的。

杨槐说完这话，真的感到一股浓重的睡意袭来，打了一个哈欠。杨槐向前走去，岳福常仍站在那里呆呆地望着他。

杨槐向前走了两步，见营长还没跟上来，扭过头说：营长，咱回去吧，我要睡觉了。

杨槐说到做到，回到宿舍他一头便栽倒在炕上，昏天黑地睡了起来。

岳营长把他犯纪律的事连夜向团里做了汇报，经团长和团政委指示，给杨槐警告处分一次。做这一切决定的时候，杨槐还在梦里。

第二天一早，营长岳福常集合队伍宣布了这一决定。杨槐站在队列中，身上仍然背着那支残枪，他听了对自己的处分决定，表情很平静。

队伍解散了，岳营长找到杨槐说：你还有什么想法？

杨槐把背上的残枪提到面前，仍平平淡淡地说：上次伏击失利就该处分，我要再弄一杆枪回来，残枪打不成伏击了。

岳福常还想说什么，抓了抓头，一时又不知说什么，转身便走了。

满堂凑过来，小心地摸一摸杨槐背后的残枪道：排长，这东西没用了，扔了吧，背着怪沉的。

杨槐看一眼满堂，没有说话。满堂就又说：排长，你要是舍不得扔，我替你扔。说完上来就要取杨槐身上那支残枪。杨槐把满堂推开，满堂就不解地说：排长，要不我这支枪给你，那支破枪我替你背着。

杨槐没有回头，他去医院看望四喜了。

杨槐父母

伏生骑着一匹高头大马回了一趟家，伏生经常回家，结婚之前，伏生有时会带一名分队的战士跟自己一同回去。他带这个战士也是高大奎特批的，按着当时的规定，只有营长回家省亲才可以带勤务员，高大奎为了让伏生回家的感觉隆重一些，便派了名战士陪伴在他左右。这一切当然都是缘于伏生神枪手的地位。伏生号称国民党三一九团的第一枪。

每次伏生回来省亲，一庄人都会惊动的，虽然那时庄里经常过队伍，八路军、国军啊，日本军队有时也出来扫荡，他们对部队早就不陌生了，但每次伏生回来还是让他们感到亲切。伏生带着勤务员，伏生在家里说话的时候，勤务员就在门口站着，枪拄在一旁，让人感受到了威仪，伏生就慢条斯理地说话，一庄的人黑压压地把小屋挤满了，杨槐的父亲和母亲总是挤在最前面，他们看着伏生似乎看到了自己的儿子杨槐。

伏生舔着嘴唇介绍着和日本人打仗的经过，他举枪这么一射，击毙一名鬼子兵，又那么一射，又有一名鬼子兵倒下了。众人就拍着手抬头算计着，因为在这以前伏生的爸爸说过，伏生每杀一个鬼子兵就要奖励两块大洋，王伏生这左射一枪右射一枪的，眨眼的工夫就已经射倒十几个鬼子兵了，也就是二十几块大洋了，乖乖，伏生发了。说话慢条斯理甚至还有些结巴的伏生在他们的眼里已经变得光鲜夺目了。一庄的乡里乡亲，抽着伏生从队伍上带回来的纸烟，吃着糖球，一下子便都心明眼亮起来。他们抽过了，也吃过了，用赞歌般的声音把伏生上上下下地都夸了，才一唱三叹地散去了，只剩下伏生的父母和杨槐的父母，以及香草的母亲。

杨父便垂下头，刚才众人夸伏生时他的脸就一阵红一阵白的，想到每次回来匆匆而过的杨槐，他就感到汗颜。别说伏生这么招摇地回来，每次都是大场面，惊动得一庄人都知道，杨槐每次回来都是偷偷摸摸的样子，有时在家里坐一会儿，看一眼爹娘，就又匆匆地走了。有几次，母亲想为他做顿饭，饭还没吃完他放下碗就跑去了。都是在队伍上干的，怎么就这么不一样呢，这种差距使杨槐父亲感到困惑。

众人散去了，烟雾也散去了。杨槐父亲这才从裤裆里抬起头，小心地望着伏生，小声地说：伏生啊，最近见到杨槐了吗？

伏生就笑一笑，点点头。自从队伍来到冀中，他们的三一九团和八路军的冀中独立团驻地并不远，也许是为了合作的需要，也许是相互壮胆，总之，他们的驻地相隔只有十几公里。

杨父就又问：伏生啊，槐还好吗？

伏生就抓抓头道：槐在八路军队伍上也是名神枪手，可八路队伍穷，打死鬼子多少待遇都是一样的。

杨父就沉默了，杨母就使了一个眼色让杨父回去。杨父似乎还想问点什么，这时也没情绪问了，蔫头耷脑地从王家走出来。回到家后，杨父就不停地叹气。

杨母就说：八路军咋就不给大洋呢？

杨父抬起头就说：赶明儿个我跟伏生说说，让他给槐带个信，要不让槐去国军那儿干算了。反正都是打鬼子。

杨母就一脸忧伤的样子。突然她想起了什么似的说：山带王把伏生带回来的大洋都埋到院子里了。

杨父吐了口痰又用脚踬了，态度不明地又叹了口气。

这是伏生结婚前回来的热闹场面。自从香草去了趟三一九团和伏生完了婚，在队伍上住了几日，又回到庄里，王伏生的家门庭若市，经常有人到伏生家坐一坐，看一看，他们满眼内容地盯着香草的肚子看，他们期望香草在新婚里就会有所收获。

香草和伏生在队伍上完了婚，回来后便理所当然地住进了伏生家。香草的母亲自然也亲热地和王伏生家走动，有了伏生家的资助，香草母亲的病就日渐好转了，她的肺病渐轻，人也精神了许多，每次见到杨槐父母也总是亲切地打着招呼，然后拧着身子理直气壮地向伏生家走去。

杨父便直勾勾地看着香草娘走去，他又吐口痰，又使劲地用脚踬了。回到家里，杨母就长吁短叹地说：香草是多么好的孩子，小时候她和咱家的槐好，这谁都知道，可她嫁给了伏生。

杨父就气吼吼地说：别叨叨了，我心烦。

杨母就不说什么了，只剩下了唉声叹气。

王伏生骑着一匹高头大马，一进村子啼声便打破了小村的宁静，先是一群孩子拥出家门，雀跃着随在后面，接下来就惊动了一庄上的人，他们像过年似的，满脸堆着喜气，尾随着伏生的高头大马聚到了王伏生家里。

杨母站在院子里看到了这场景，扔下干活的家什，折回到屋子里，小声地说：槐他爸，伏生回来了。

杨父正在磨刀石上专心地磨一把砍柴的刀，他听了这话怔怔地望着杨母。

杨母又把刚才的话重复了一遍。

杨父就说：他回来就回来，你忙你的去，和咱们有何干系。

杨母背过身子小心地走了。

杨父发狠地又磨起了刀。

王伏生骑回来的那匹高头大马就拴在家门前的树桩上。马很不安生的样子，仰起头引颈长嘶，弄得杨父心神不宁。

王伏生这次回来，差不多庄上的人都惊动了，几乎全都来看了伏生。他们耳朵上夹着喜烟，嘴里嚼着喜糖，在太阳西斜的时候渐渐散去了。

黄昏时分，伏生突然推开了杨家的门。杨父和杨母正坐在院子里各怀心事，他们谁也没想到这会儿伏生会来。他们僵僵地望着伏生。

伏生就蹲下来，把一包纸烟和一小包糖球放到杨父杨母的面前，小声地说：叔、婶，这是我和香草的喜烟喜糖。

杨母看一眼喜烟喜糖，又看一眼杨父，这才说：伏生呀，回来了？我和你叔正商量着去看你哩。

伏生就说：我该来看叔和婶。

杨父咳了一声，杨母就不再插话了。

杨父仰起头冲伏生干干地笑一笑：伏生啊，这次又杀了多少小鬼子？

伏生说：好几个呢，不过这次我是和槐联手杀的。

杨母就急火火地说：伏生，见到俺家槐了？

伏生点点头。

杨父又咳一声，站起身冲伏生说：伏生屋里坐嘛，我和你婶该生火做饭了。

伏生就立起身说了句：我该回去了，香草把饭都做好了。

伏生就走了。

宁静的夜里，杨父和杨母难受地躺在炕上，半晌，杨母轻轻地说：他爸，要不和伏生说说，让伏生带个信，让槐去伏生的队伍上干吧，你看伏生现在出息的……

杨父突然吼了声：住嘴。

杨母就噤了声。

杨父说：穷有穷的活法，伏生有福就让他享去，咱家槐从小就命苦，那就让他苦。路是靠自己走的。

杨父以前在杨槐回来时，也劝过杨槐，杨槐每次都说：爸妈，八路军和国民党的部队不一样。

究竟有什么不一样，杨槐并没有说清楚。杨槐匆匆地来，又匆匆地走了。

自从伏生和香草结了婚，杨父的心里一下子就变了，他突然觉得杨槐并没有什么错，反倒有些瞧不起伏生了。这种心理的转变他自己也有些说不清了。

杨母听了杨父的话，没说什么，只轻叹口气。

母亲毕竟是母亲，杨母还是背着杨父偷偷地找到了伏生。

伏生正在家里包饺子，他这次回来只是短暂的省亲，吃完饺子就要走了。香草在拌馅，伏生在擀皮，伏生的父母在一旁笑眯眯地看着。

杨母走进来，受到了伏生父母热情的款待，杨母看着这幸福的一家，心里就有些酸，她又想到了杨槐。杨槐也回来过，可他从来没有这么踏实地待过，更别说包饺子了，有时为他下一碗面，都没时间吃完，放下碗筷就匆匆忙忙地走了。

杨母和伏生的父母说了几句应酬的话，便转了话题，她说：伏生呀，还是你好，娶了香草也算是有家人了，一家人还能指望你过上好生活。

伏生憨憨地笑着，用舌头舔着嘴唇，望一眼香草，香草的头低着，看不到个表情。自从杨槐妈进来，她打了个招呼便把头埋下了。

杨母就走到伏生跟前小声地说：婶求你个事。

伏生就停止了擀皮，望着杨母道：婶，有什么事你就说，只要我伏生能办到的，我一定去办。

杨母的眼里差不多流出了眼泪，然后声音潮湿地说：伏生呀，你是婶看着长大的，你一当兵命就这么好，能挣钱还娶了香草，我们家槐也是当兵的，他的命咋就没你的好呢。

伏生拍拍手上的面蹲在地上，掏出支烟点上，吸了两口抬起头道：婶，槐是八路军，和我们国民党部队不一样。

杨母就进一步说：那就让槐也当你们国民党的兵，反正都是打鬼子，打死一个鬼子还有两块大洋呢。

伏生说：婶呀，不瞒你说，我们高队长和杨槐说过好多次了，让他过到我们部队上，待遇和我一样，可他理都不理我们高队长。

杨母就拉了拉伏生的衣袖道：伏生呀，你和槐从小就在一起，你替婶再说说，也许他听你的。

伏生就用力地把烟头踩了，认真地说：婶，那我回部队后就试一试。

杨母就千恩万谢。

伏生骑着高头大马是下午时分走的。伏生走了，他父母和香草以及香草母亲把他一直送到村头，不断地招手，千叮万嘱。

杨母看到伏生走了，也要去送，被杨父拽回来，杨父坐在炕沿上，闷着头一口口地吸烟。杨母隔着窗纸，那里露了一个洞，望着渐行渐远的伏生，看着伏生告别亲人的场景，她就想到了杨槐，眼泪不由自主地流了下来。

杨父就生气地说：哭什么哭，咱家槐就是受穷的命，我不嫌他，咋的了。

杨母就哭天抢地地说：槐他爸，你这是不想让槐过上好日子呀。

两人说归说，杨槐毕竟是他们的孩子，他们不可能不为杨槐的好坏动心思。

杨父突然把烟踉了，发狠似的说：伏生能娶亲，咱家的槐也能娶亲，等他下次回来就让他成亲。

杨母就拍着空手道：你是不是老糊涂了，咱家槐拿什么娶亲呀，娶谁呀？

自从伏生娶了香草，这从东北大金沟走出的三户人家的关系就发生了微妙的变化。以前两家人共同接济着香草一家，在这三户人家中，香草母亲带着一个女儿家，日子过得比两家人都艰难，他们没有忘记在东北大金沟生活过的日子，到了冀中平原，这种友谊和交情仍浓浓地笼罩在三个家庭中。

伏生娶了香草，另外两家人的关系一下子就近了，他们那是亲家关系，杨父和杨母自然觉得自己受了冷落。出出进进的，故意躲着两家人走路办事。

结婚之前，香草母亲气喘着来过杨槐家一次，那时，因为有了伏生的接济，香草母亲气喘的毛病已经大有改观了，她能拄着一根棍子从村东走到村西了，脸上也有了血色。香草母亲立在杨父杨母面前，十二分羞愧的样子说：槐他爸，槐他娘，香草就要去队伍上和伏生结婚了。

杨父杨母就冷着脸把香草母亲看了。

香草母亲就喘着气说：槐他爸，槐他娘，你们也都看着了，我这条命是伏生一家给的，这两年要是没有伏生接济，我不知道死过多少回了。

杨槐母亲理解地拉了香草母亲的衣襟，眼圈就红了。

香草母亲又说：其实香草心里装的是你们家槐，可喜欢管啥用，抵不上这命呀。

杨母就动情地说：他婶子，这都是命呀，你不用说，我和他爸心里明镜似的。

香草母亲就笑一笑道：我这一家也没啥报答伏生的，就有这么个闺女，就让她嫁了吧。说完一边喘一边走了。

话虽然都说透了，一个娶一个嫁，理也是这个理，可两家人成了亲家，三家人的关系不可能不微妙起来。

杨父对杨母去伏生家求伏生的做法感到很不满意，杨父毕竟是男人，不管是逃荒，还是打猎，直到现在，他没有求过谁，也没看过谁的脸色生活。他内心里也羡慕伏生的待遇，不仅三天两头能回家，军饷挣得多，打死小鬼子还有奖励。他也希望杨槐能像伏生一样三天两头地回来，不日进斗金，能有个仨瓜俩枣的散碎银两拿回来贴补家用也好。每次杨槐回来都破衣烂衫的，在他眼里，八路军的衣服永远都是破衣烂衫的。既然杨槐参加了八路军，在父亲的心里就不该动摇。如果没有伏生对比，杨槐参加什么也都无所谓了，既然有了伏生，如果让杨槐步伏生的后尘，作为一个男人总觉得脸上挂不住。就是错了也要一往无前地走下去，这就是男人该做的事。男人迈出一步，就没有对和错，就是错了也要走到底，把这条路走穿了也就对了。

大金沟的风雪磨炼了杨父的性格，那就是不走回头路，有时为了追赶一个猎物他会花上几天的时间在冰天雪地里和这个猎物较劲，就是在这期间又发现了更好的猎物他也不会放弃，直到把这个猎物杀死，他才改弦易张。

杨父不希望杨槐走别人的路，伏生走后那天晚上，杨父就说：看看咱家箱子底还有啥了？

杨母就弯着腰把箱子打开了，除了一些换洗的衣衫之外，还抠出三块银圆来。杨父把这三块银圆揣了，斩钉截铁地说：明天我就给槐找媳妇去，一定要找个比香草还好的姑娘。

杨母就说：老头子，你这是何苦？

杨父就挥挥手道：这事你不用管，三十年河东三十年河西，看看谁比谁强。

男人的自尊激发了杨父的斗志。

一劝杨槐

伏生回来后，受高大队长委托把杨槐请到了特别行动队。

特别行动队是三一九团很特别的一个单位，高队长现为少校营长。这个行动队自然执行一些比较特殊的任务，人数不多，只有百人左右，但个个都很精悍，武器以轻型装备为主，清一色的中正式，另配有一些轻重机枪。这是三一九团特意打造的一支精良部队，每个挑选到行动队来的士兵，都各有绝活，枪法精准，常规战斗这支队伍一般不会参加，只有小股的特别任务，才会派上这支部队，可见特别行动队在三一九团长官心目中的分量。

伏生来到八路军驻地看到杨槐时脸上一直挂着微笑，新婚的喜气挂在眼角眉梢，他笑眯眯地望着杨槐，杨槐一步步向他走来。伏生舔舔嘴唇就说：槐，我回了趟家，见到你爸你妈了。

杨槐的眉毛动了动，他想到了香草，想到了自己家那间草房，心里就有了一种温暖，他在伏生的身上似乎嗅到了家里的气味。

伏生又说：香草还给你带来些东西，你跟我去拿吧。

杨槐认真地看了眼伏生，伏生低下头在前头走，杨槐顿了顿，犹豫了一下还是跟上了。香草给他捎来东西伏生却不带来，让他自己去取，这意味着什么，他没有多想，便随着伏生向前走去。

大半个时辰就到了伏生驻地，伏生直接把杨槐带到了高队长队部。

高队长似乎在这里等待多时了。杨槐对高大奎已经不陌生了，他冲高队长敬了个礼，高大奎就捉住了杨槐的手，热热地握着，一直把他拉到一把椅子旁坐下，然后背着手在他面前走了走。

伏生在一旁站着，脸上依旧笑眯眯的。

高大奎就说：杨排长，我们三一九团很欣赏你，我高大奎更是对你另眼相看。

说完高大奎望着杨槐。杨槐直到这时似乎明白了伏生把他领到这里的真实用意，他望了望伏生，伏生也正满怀期待地望着他。

高大奎就又说：你看伏生，现在什么都不缺了，只要打小鬼子就有银圆，不能说你们八路军不好，还是你们底子薄哇。

杨槐站了起来，望着高大奎。

高大奎立住脚认真地望着杨槐说：杨排长，只要你一句话，如果你肯加入我们特别行动队，职务由你选，怎么也不能比伏生差，你要是到了我们这里，你就是我们的宝贝。

杨槐嗓子眼发干，他冲高大奎说：高大队长，谢谢了，我和伏生还有事。

说完便走出去。

高大奎在他身后说：杨排长，三一九团的大门永远向你敞开，什么时候过来就是一句话的事。

杨槐走到外面，伏生一把拉住他：槐呀，这次回家你娘可找我了，她也劝你来我们这里。我们这里真的比你们八路军好，不论穿的用的，哪点儿不比你们好？

杨槐望着伏生。

伏生又说：槐，咱俩可都是大金沟出来的，叔和婶比以前老了。要是你当初加入队伍来我们团，香草一定会和你结婚。

伏生的话如一记闷雷在杨槐的心里炸响了。他盯着伏生，半晌，突然蹲下身子。伏生也蹲在他的面前，掏心挖肺地说：香草以前对你好，这我知道，可她还是嫁给了我，叔为这事都不理我爹我娘了，这我心里清楚。槐呀，咱们是扛枪打仗的，不管是你们八路军还是我们三一九团，过了今儿个不知明儿个在哪儿，咋也要在这个世界上留个后吧。槐呀，来不来我们这儿，我说不动你，我只想劝你一句，有空回趟家，娶个媳妇吧，也许还能留个后。

杨槐拍拍手站了起来，伏生也站了起来，想起什么似的从怀里掏出一双鞋垫，热热地递给杨槐道：这是香草让我捎给你的。

杨槐接过鞋垫，眼前又晃动起了香草的影子。他参加八路军时，香草也送给过他一双鞋垫，她是在村头把鞋垫塞在他怀里的。香草红着脸说：杨槐哥，家里没啥送你的，这双鞋垫你拿去，用破了，再给你做。杨槐接过鞋垫，香草就转身跑了，一条又粗又黑的辫子在身后跳荡着。那会儿杨槐的心里是甜的，他把鞋垫揣在怀里，挺着身子去追赶前面的队伍了。那双鞋垫后来杨槐把它垫在脚下，行军打仗时，脚下就多了许多力气。那双鞋垫杨槐早就用破了。

此时，杨槐望着香草捎来的鞋垫，竟物是人非了。鞋垫用彩线绣了，花花绿绿的。在杨槐的心里，这已经不是一双鞋垫了，这是香草的一颗心，他把鞋垫揣在怀里，仿佛能感受到香草那颗温暖的心在一漾漾地跳动。

他冲伏生说：替我谢谢香草。

说完便走了。

伏生在他身后说：槐呀，我们高大队长说的话你想一想。

杨槐回过头道：伏生，记住，我是名八路军。

说完又向前走去。

伏生在后面悠长地喊：槐呀，你爸你妈老了，有空回家看看吧。

杨槐的身子一动，僵在那里几秒，最后还是迈开大步向前走去。西斜的太阳把他的影子拉得很长。

杨槐回家

躲在县城和炮楼里的鬼子走出来扫荡了一次，八路军对付鬼子扫荡的方式就是转移到山里去，和鬼子打游击，他们和鬼子周旋的原则是，能打就打，不能打就躲。鬼子气急败坏地炸了一些民房，胡乱地砍倒了一些地里的庄稼，半个月后，便又退回到城里。

在这半个月时间里，八路军和鬼子打了两次不大不小的伏击战，双方各有伤亡，鬼子退回去后，八路军在一个叫李家庄的地方休整。这个李家庄距离杨槐的家不足十里，营长岳福常批了杨槐几天假，让他回家看一看。

杨槐便在早秋时分回了一次家，鬼子扫荡时，庄户人家也是能逃就逃，能躲就躲。杨槐的父母也是从山里回来没几天，好在房子还在，两人惊魂未定地正在收拾房间，这时杨槐就站在了院子里，母亲惊呼一声从房间里跑出来。

父亲没说什么，拍了拍手上的灰，看了儿子一眼，又看了一眼，然后蹲在地上，用烟袋吸烟。

父亲低着头瓮声瓮气地说：回来待几天？

杨槐目光虚虚地望着父亲说：部队在李家庄休整，三天后就走。

父亲咳了一声，把一口痰吐在地上，扭着头冲在灶房内忙活生火做饭的母亲说：把房子打扫一下，后天就给孩子结婚。

母亲在房间里含混地应了声。

杨槐吃惊地望着父亲，张大了嘴巴道：爸，结婚？给谁结婚？

父亲把烟袋里的灰磕了，站起身来说：给你。

杨槐就傻了。

上次伏生回家走后没几天，杨父便揣着杨母从箱子底翻出的银圆去了南庄一趟。南庄有户人家姓王，家有一女叫小凤，年方十七八岁的样子。

这户姓王的人家杨父认识，有一次躲鬼子两家人挤进了一个山洞里，还在山洞里住了一夜。在这一夜里，杨父杨母对王家小凤印象深刻，吃苦能干，还懂得事理，叔叔婶婶地叫，还拿出了带来的馍分给他们吃过。山洞里蚊子多，为了不让蚊子咬睡个好觉，小凤几乎一夜没睡，用一条毛巾给父亲轰了一夜的蚊子。

王父醒来就夸小凤：她娘走了，这个家里里外外就靠这个孩子了。

杨父杨母也毫不吝啬地用赞美的语言把小凤夸了一遍又一遍。

伏生上次回来大大地刺激了杨父杨母，伏生走后，杨父就下定决心要给杨槐说门亲事，伏生结婚了，杨槐不缺东少西的，凭啥不能成亲？

于是，杨父拿着全部积蓄，深一脚浅一脚地来到了南庄王家，他找到王父开门见山地把来意说了。

王父望着他一张一合的嘴，还没等他说完就明白了，挥了挥手道：她杨叔，不就是想做亲家吗，好事呀。

杨父没想到这事这么顺利，便眯了眼，点头如鸡啄米似的说：嗯哪，就是这个意思。

王父拍拍手说：这事好办，也不好办，你得答应我几个条件。

杨父心里立马凉了半截，但还是说：亲家你说，你说。

王父就说：凤啊娘去得早，这个家多亏了有这个凤。我可离不开她，你家要是娶了凤，可不能让凤去你家。

杨父就转着圈地琢磨，里里外外地想了一遍。按说娶了媳妇就是自家人了，哪有不在一起过的道理，可杨槐常年不在家，一年回来那么三两次，加在一起也就是待个五六七天的，在杨父的意识里，杨槐毕竟是当兵的，这次回来了，下次能不能回来还不好说，他觉着给杨槐成个亲，能让儿子留个后更好，就是留不下后，也要在阵势上给另外两家人看看，杨槐也娶媳妇了，他杨家也不差啥了。至于小凤未来和他们在不在一起，看样子也不重要，他们老两口有手有脚的，不需要照顾，要是真的有一天不行了，小凤毕竟是自家媳妇，这么善良的小凤还能不管他们？

杨父飞快地把这些都想了，然后也拍拍手说：亲家，就依你，这事就这么定了。

王父见杨父爽快地答应了，便哈哈大笑道：你不愧是关东老客，爽快，那就这么定了，啥时候娶随你。

王父大手一挥就把女儿终身大事定了下来。

杨父从怀里掏出压箱子底的干货递给王父，两个男人撕巴了一会儿，王父还是收下了，这事就定下来了。

杨父回到庄里后逢人便说：我家杨槐有媳妇了，就是南庄的王家小凤。

一时间杨槐有媳妇的事就传开了。

反应过来的杨槐，愣愣地望着父亲，他的目光下意识地朝王伏生家望去，香草正站在院子里喂鸡，一只公鸡两只母鸡，这是伏生娘特意养的，为的是能下些鸡蛋，好给香草坐月子补身体。

杨槐的目光被父亲捕捉到了，他有些生气，大着声音说：小凤这姑娘啥也不差，要模样有模样，家里家外都是一把好手，方圆几十里没有能比的。

杨槐收回目光望着父亲说：爸，部队还在打仗，这婚没法结。

父亲站出来吐了口痰，捉过杨槐的耳朵道：我知道你小子心里想的是什么，人家香草结婚了，肚子都大了。我告诉你，你就死了这个心思吧，人家小凤比香草强多了。

父亲放开儿子的耳朵，冲屋里说：槐他娘，我这就去南庄，让亲家准备准备，咱们明天就结。

母亲在屋里爽快地答应一声。

父亲耸着身子快步地向南庄奔去。

母亲挓挲着手从屋里走出来，把一块红布系在门口的树杆上，然后把杨槐拉进屋里，兴奋地说：槐呀，你媳妇我和你爸都看见过，这姑娘不错，跟你结婚以后一准儿错不了。

杨槐不知如何是好地说：妈，这婚我真的不想结。

母亲听了，眼里顿时有了泪花，她低泣道：孩子，你这常年在外，枪子儿可不长眼睛，你要是有个啥好歹，连个后人都没留下，你听你爸的，明儿个就结婚。然后你走到天边去，我和你爸也不挂念着你了。

母亲说完就急煎煎地走出去了，明天儿子就要结婚了，她还有好多事需要忙碌，家里虽然穷，但扫个房子、剪个窗花儿什么的，这是必不可少的。

没过一会儿，杨父就回来了，回来的杨父精神抖擞，他人还没进庄里，声音便传了过来：杨槐要结婚了，我儿子杨槐要结婚了。一时间全庄的人都知道杨槐要结婚了。

杨槐站在院里，听着父亲一路的呼喊，一时无所适从。杨父和杨母已经顾不上茫然的杨槐了，他们张罗扫院，迎接第二天大喜的日子。

杨槐冲父亲说：爸，别忙了，我不想结婚。他去拉扫院子的父亲，被父亲一把推开。

他又去拉正在屋内扫房子的母亲：妈，我和凤又不认识，这婚我真的不想结。

母亲一边忙一边说：这婚不结怎么行，你爸都和人家订好了。槐呀，你也老大不小了，这婚结也得结，不结也得结。

杨槐走出来又站到院子里，父亲把水桶递到他眼前说：槐呀，你也别站着了，快把缸里挑满水，明天来客人，咋的也得让人家喝口热水吧。

杨槐无奈地提起水桶，脑子里空空荡荡地往外走。他走到井台旁，打满了两桶水时，就看到了香草。

香草腆着有孕的肚子，担着两只空水桶一摇一晃地向井台上走来。他的目光就瓷在那里，香草走近了，冲他笑了笑，他大脑一片空白。香草把水桶叮当有声地放到井台上，他的目光一直没有离开她凸起的肚子。

香草的脸就红了，她也低下头瞄了眼自己的肚子，说：几个月前，伏生回来过了。

他忙把目光移开去盯她的脸，脸还是那张脸，生动而又美丽，因为羞赧更加楚楚动人。他为了掩饰自己什么，开始为香草提水，香草也不推辞，就站在一旁看着杨槐忙碌着，两桶水打满了，还有一缕水漾出来，流到了地上。

香草弯下腰去提水，她说了句：槐，我香草对不住你，等来世我再嫁给你。

他立在那里，一时不知如何回答香草的话，半晌，他冲香草说：草，你要注意身子。

香草扭回头，冲他说：槐，南庄的小凤人挺好的，你娶她准没错。

香草走了两步停下来，又补了一句：槐，明天你结婚时，我一定去。

杨槐站在井台旁，一直望着香草的身影消失，他才想起什么似的，担起水桶梦游似的往家里走去。

父亲和母亲忙活了一天，家里里外外在最大程度内已经焕然一新了。母亲剪的喜字和大红的窗花已经贴在了窗子上，院子被父亲扫得一尘不染，水缸里的水已经满了。似乎一切都收拾好了，在那个年代的农家，为了结婚，似乎这一切已经尽了所有的力了。

父亲和母亲躺在炕上，有一句没一句地说着。

父亲说：槐他娘，明早我去趟镇上，割几斤肉，再穷也得吃顿饭。

母亲说：你快去快回，晌午人家小凤就到了。

父亲说：我天不亮就走，晌午前一定能回来。

母亲还说：槐这把婚一结，咱们的大事就了了。

父亲声音已经含混了：结了婚，槐就是走到天边咱也不惦记了。

后来父母就睡着了，剩下了梦呓。

杨槐在另一个房间里呆坐着，两床被子以崭新的模样放在炕上，月影透过窗子照进来，贴在窗纸上的喜字深深浅浅地印在炕上。这就是杨槐的新房了。

杨槐坐在那里已经有些时候了，他在朦胧中望着自己的新房。他脑子里一直闪着在井台上见到香草的那一幕。

香草说：槐，我香草对不住你，等来世我再嫁给你。

香草还说：南庄的小凤人挺好的，你娶她准没错。

香草又说：明天你结婚时，我一定去。

杨槐想到这里，心里便山呼海啸地说：这婚我不结。

想到这，他欠起身子从炕沿上下来，悄悄溜出院子，他站在院子里谛听了一下父母屋里的动静，父母已经睡着了。他回转过身子，跪在父母的窗前，在心里说：爹、娘，儿子不孝，我走了。

他还在心里说：爹、娘，这婚我真的不能结。

说完，他冲父母的房间磕了个头，然后站起身，又望了眼父母的房间，然后迈开大步走出院子。他一直走出庄子，才回过头来大声地说：爹、娘，槐对不住你们。

他扭过头时，已经泪流满面了。

杨槐迈开大步，往十里外八路军的驻地走去。

天亮了，杨槐父母起床之后才发现新房空了。

杨父扯开嗓子喊了几声：槐，槐……

杨母也喊：槐呀，你这是去哪儿了？

最后他们知道槐这是走了。

杨父和杨母站在空空的院子里，茫然得一时不知所措。

半晌，杨母带着哭腔说：槐他爹，这婚还结不结？

杨父苦着一张脸，但声音却异常坚定地道：槐这个不争气的东西，他走就让他走，但这婚一定得结，男人说出的话就是泼出去的水，哪有收回的道理。

杨母就带着哭音说：槐都走了，这婚还咋结呀？

杨父站在那里无助地望着东方的太阳：他娘，我这就去镇上割肉，就是槐不在，咱也要把小凤娶到家门。

说完匆匆地出门割肉去了。

快到晌午时分，杨父匆匆地回来了，把肉往灶台上一放，冲杨母说：槐他娘，快剁肉煮饭，我去喊人去。

杨父一走出院子便亮开嗓门喊：亲戚朋友，老少邻居，杨槐今天结婚，是我们一庄人大喜的日子，老少爷们儿有空过来捧个场。

周围的邻居三三两两地就过来了，男人们站在院里，袖着手议论着南庄的王家小凤，女人们走进屋里帮杨槐娘生火做饭。渐渐一干人等在院子里越聚越多。

这时有人发现杨槐不在，就问杨父：他叔，槐呢？

杨父并不回答，慌慌地说：我去庄头等新娘的队伍。

说完就去村口迎接新娘了。

时间是说好的了，新娘晌午时分就会送到，晌午到了，村口通往南庄的小路仍然静静的。杨父站在那里，踮着脚尖，伸长脖子巴望着，直到太阳西斜了，小路上才一歪一歪地跑过来一个青年后生。他见到杨父便气喘着说：你是杨槐爹吧？

杨父就点了头。

后生就大叫一声：不好了，送亲的队伍被小鬼子截了，他们把小凤抢走了。

杨父就睁大眼睛大叫一声：什么？

人便一头地栽倒在地，晕了过去。

这节外生枝的变故，让杨家乱了。小凤被日本人截到了城里，这就又有了新故事。

诱　饵

小凤被鬼子抓进了炮楼，这时她才知道，抓来的不仅她一个人，还有好多妇女和儿童。他们被关在炮楼的最底层。

自从在炮楼吃了杨槐和伏生神枪手的亏，日本人就想到了人质这一办法。他们要通过这些人质，逼八路军出来，以便达到一举歼灭的目的。

八路军自然也得到了许多群众被敌人抓进炮楼的情报。从上到下已经开过几次会讨论解救这些群众的办法了。八路军自然知道这是敌人的诱饵，鬼子占据着炮楼，又依托着县城，炮楼里的鬼子并不多，只有三十几人，还有三十几个伪军，但炮楼里的敌人进可攻退可守，四个炮楼呈掎角之势，相互可以增援，同时县城里的鬼子随时可以接应。明知道敌人这是一计，就是诱使八路军出击，从而达到一举歼灭的目的。

杨槐还不知道小凤也被鬼子抓进了炮楼，他从来没有见过小凤，小凤只是父母嘴里提到的一个人名而已。那天晚上，他和父母不辞而别，便回到了八路军的驻地。在他的想象里，自己走了，这婚自然就无法结了。小凤和自己没有什么关系，就像一缕风说过去也就过去了。

杨槐回到队伍上第二天黄昏，站在村口放哨的战士慌慌张张地跑了过来，气喘吁吁地说：排长，你爹来了。

在杨槐的印象里，父亲还从来没有到队伍上找过他。八路军的行动是保密的，今天在这里，明天也许就会转移到别处，从来没有在一个地方长期驻扎过，他们的工作就是开辟根据地，然后和鬼子打游击。这次部队要在这里休整几日，主要是这次反扫荡有了些伤员，伤员需要医治，同时队伍在人员上也要有所补充。

杨槐惊诧的同时，就看到哨兵身后风风火火过来的父亲。

他吃惊地迎上去，心有余悸地说：爸，部队就要开拔了，我不结婚，不会和你回去的。

父亲盯着他狠狠地看了一眼，跺着脚说：你想结也结不成了，你媳妇被日本人抓到炮楼里去了。

父亲把他拽到一角，三言两语地把小凤成亲途中发生的事讲给了杨槐。

杨槐就僵在那里。

父亲说：小子，不管你认不认这门亲，反正我和你娘都认了。就是小凤没进咱们家的门，她也是你媳妇了。

父亲还说：你们八路军专门打鬼子，你媳妇被抓了，你得去救她，你要是怕死，就借我一支枪，我豁出这把老骨头了。

杨槐就干干硬硬地叫了一声：爹……

父亲说：你救不救你媳妇吧，你给句痛快话。

杨槐说：好多老百姓都被敌人抓进炮楼了，这是鬼子的计谋，想要通过这些人质消灭我们八路军。

父亲一屁股坐地上，横着声音说：那我不管，你给我句痛快话，小凤你是去救还是不救？

杨槐望着眼前的父亲，为难地说：爹，小凤我们会去救，那些被抓起来的群众我们也会去救，八路军就是保卫老百姓、打鬼子的，我们一定会想办法的。

父亲得到了杨槐的肯定答复之后，站了起来，拍了拍屁股上的土道：槐呀，你可听好了。小凤不管进没进咱们家的门，反正是咱们家的人了。要是你不能囫囵个儿地把小凤从鬼子的手里救出来，我和你娘死都闭不上眼睛。

父亲说完便头也不回地走了，走了好远仍回头喊：槐，我和你娘就在家等你的消息了。

杨槐望着远去的父亲背影，心情复杂，鬼子抓人质的事，营长开会时已经说过了，但他没有想到小凤也被鬼子抓进了炮楼。如果说在这之前，小凤在他心里只是一个符号的话，那么现在，小凤就变得不一样起来，虽然还不那么具体，但小凤此时在他心里一下子变得沉重起来，这个以前和自己毫无关系的女人，现在千丝万缕地和他扭结在一起。

父亲走后，杨槐便找到了营长岳福常，营长用几个石块摆了一个县城，又摆了四个炮楼，面对着假想的敌人正冥思苦想着。

杨槐站在岳福常面前就说：营长，咱什么时候去打炮楼哇？

岳福常就苦着脸，看着地上那几块砖头瓦块。

岳福常半晌才抬起头来说：明天队伍就要开拔了，团长刚才开会说，下一步我们的任务就是营救炮楼里被抓的群众，如果这些群众解救不出来，我们就会在老百姓心目中大打折扣，没有群众的支持，我们又怎么能开辟根据地！

杨槐在此之前并没想过救不救群众会有如此的后果。他只想到了小凤，那是父亲交给他的任务。救不出小凤会成为他一辈子都挥之不去的心病。和炮楼内的敌人较量他不怕，但是要救出炮楼里那么多群众，他的确没有想好办法。

他相信自己的枪法，可以一枪一个击毙敌人，可面对城里城外的鬼子，又不是枪法能解决得了的。

第二天清晨，队伍悄然出发了。在队伍出发前杨槐并不知道队伍要开拔到何处。这是八路军的秘密，以前队伍经常这样神秘地开拔。

中午时分，队伍出现在县城外围，城外矗立的炮楼已经隐约可见了。队伍停止了前进的步伐。一场攻打炮楼的战斗即将打响。

小　凤

小凤做梦也没想到，本来是高高兴兴做新娘的，却成了日本鬼子的人质。

小凤见过杨槐，时间是杨槐参军那天。那天这一带过队伍，这支队伍就是八路军。以前这一带活动的大都是国民党部队，百姓们对国军的队伍说不上好也说不上坏。后来人们听说冀中又来了一支队伍叫八路军，领导这支八路军队伍的首长叫吕正操。这支队伍是从陕北开过来的，以前这里的人听到过红军，是从南方建立起来的队伍，也知道现在的八路军就是以前的红军。人们听说过，并没有见过，队伍从这里过，前庄后庄的人们都为了看新鲜，拥出家门看热闹。小凤也挤在人群中去看新鲜。突然，有人就手指着队尾的杨槐说：这是后庄的杨槐，也参加八路军了。

杨槐正生涩地站在队伍里，盯着站在他前面的人后脑勺，硬邦邦地走着。小凤就是在那会儿，认真地看了一回杨槐。不知为什么，杨槐的画面老是在眼前挥之不去。

前些日子杨父去家里提亲，自己的父亲和杨父在外间说话，她在屋里听得真切，她的脸早就又热又红了。

杨父走了以后，父亲过来征求她的意见：丫头，后庄的杨家来提亲了，他儿子杨槐在八路军队伍上当排长哩。

小凤低着头，仍红着脸。

父亲说：丫头，你给爹一个痛快话，是行呀还是不行？

小凤扭着身子低声地说：听爹的。

父亲就又说：爹答应了，杨槐当八路军常年回不来一次，你也不用住他家。人虽然是嫁过去了，可你还是咱家的人，啥时候杨槐从队伍上回来了，你再搬到杨家去住。

小凤在屋里早已听明白了父亲和杨父在外间的对话，她心里有数得很。父亲这么说了，她便脸红心热地说：俺听爹的。

事情就这么定了，定下来之后小凤学会了失眠。以前从屋里忙到屋外，从早忙到晚，只要躺下，一转身子便会沉入梦乡之中。可自从有了杨槐的事，她躺在床上，睁眼闭眼的，眼前晃动的都是杨槐走在队伍里的身影。有时她会偷偷地笑出声，便忙用被角捂住了嘴。

盼星星盼月亮，黑黑白白的日子过了一大堆，终于等来了迎娶的日子。杨父前来家里通报迎亲日子后，父亲便开始准备了，家里虽然穷，但送姑娘出嫁还是尽可能地隆重一些。父亲跑到镇上扯了两块布，还扯了一尺多长的红绸子，一半系在小凤的腰上，一半当头缠系在了小凤的头发上。那一晚小凤也没睡，连夜把自己的嫁衣做好了，天亮的时候，她穿着新嫁衣，用清水拢了头发，又扎上了鲜艳的红头绳，就真的是个新娘了。

父亲张罗着借了一匹驴，又喊来了几个亲戚邻居，一行人，男女掺杂着，父亲牵着驴，小凤骑在驴上，不紧不慢地往后庄里走。路是土路，正是夏季，路旁长着蔷薇和柞木，偶有几只野鸡和野兔什么的在草丛中飞过或跑过，一切都是普通的人间景象。

他们做梦也没有想到，就在这时，碰到了一小股鬼子还有几个伪军。他们不由分说，拉走了驴，当然还有驴身上的小凤，还冲天上放了几枪，便消失在了土道上。一切就都变了。

小凤进了炮楼才知道，鬼子不仅抢了她一个人，在这之前还抢了一些大姑娘小媳妇，有的妇女怀里还抱着两三岁的孩子，孩子们惊惊乍乍地哭着，炮楼里就显得鸡犬不宁的样子。

小凤走进炮楼后由最初的慌张，慢慢地安静下来。看着那些麻木的妇女和孩子，她相信，杨槐会来救她。她知道杨槐是个神枪手，他想打哪儿就打哪儿，她还知道杨槐是八路军的排长，手下领导着三十几个人。就凭这一点，她有千万条理由相信杨槐会来救她，一定能够把她救出去。

她冲着那些惊魂未定的妇女们说：姐姐嫂嫂们，你们别怕，我是八路军排长杨槐的媳妇，八路军会来救我们的。

妇女们听了这话就一脸期望了，她们七嘴八舌地说：那八路军什么时候来呀，真的能来吗？

小凤坐在草堆上，把身体靠在冰冷的水泥墙壁上，坚定地说：能，就快了。

一个妇女哭着说：八路军快来救我们吧，小鬼子个个都是畜生。

一个妇女带头哭了，另外一些人也都哭起来，她们怀里的孩子便也哭了起来。一时间乱哄哄的炮楼，更加热闹异常了。

这时一个伪军走过来，冲她们大叫两声：别哭了，再哭拉出去枪毙。

这个伪军还用劲地拉动了枪栓，妇女们噤了声，孩子们也只能抽抽噎噎的了。

一个妇女凑过来冲小凤耳语：妹子，你真的是八路军的媳妇？

小凤点点头，又扯着自己的新衣裤说：你看我不像新娘子吗，我本来是要结婚的，鬼子把我截到这儿来了。要不我早就是新娘子了。

她又说：我丈夫是杨槐，他是八路军队伍上的神枪手。想打鬼子的眼睛不打他们的鼻子，你们放心吧，我丈夫一定会来救我们的。

女人们听了，真的就满怀期望了。

小凤从骑在驴上那一刻开始，已经把自己当成杨槐的媳妇。嫁出去的姑娘，泼出去的水，一切都是从离开家门那一瞬间完成的。

两个伪军从妇女堆里把小凤带到了炮楼的第三层。

小林太郎和小林次郎站在小凤面前，抓捕小凤的计划如期地完成，让两个人都一副胜券在握的样子，他们抓捕小凤一切都是按计划行事的。杨槐要结婚的消息，他们是从南庄伪保长那里听说的。于是就有了这次抓捕小凤的计划，他们本来还想把杨槐也抓到的，不想计划落空了，杨槐提前归队了。

经过几次交手，从田野大队长到他们，都把杨槐和伏生当成了对手。在炮楼里较量，两个人没占到便宜，后来他们又发动了一次扫荡，从表面的气势上，他们得到了全面告捷，可他们损失了好几名中队长和小队长，都是被伏击的神枪手击中了太阳穴。要想彻底消灭八路军，就要先除掉杨槐。

太郎和次郎望着眼前的小凤，上上下下认认真真地把她看了。

太郎就冲身边的翻译官嘀咕了几句什么，翻译官就说：丫头你听好了，太君不想伤害你，但你要把杨槐叫来和太君决一死战，否则，太君就对你不客气了。

太郎又说：你的，上去喊话。

翻译官就撕撕扯扯地把小凤推到了炮楼的顶层，翻译官说：你叫杨槐，快叫哇。

小凤站在炮楼顶端，高瞻远瞩的样子，她远远地看到了八路军的旗帜，还看到了晃动的人影。那一刻，她激动得差点儿流出泪来，那些八路军人影里里肯定会有杨槐，想起杨槐她心里就有种说不出的温暖。

她就喊：杨槐，我是小凤，快来救我。

她的声音飘飘的、软软的，一缕风就吹散了。

日本人从炮楼里搬出留声机，还接了一个喇叭，有一个像茄子样的东西放在小凤面前，翻译官就又冲小凤说：你接着喊……

小凤就又喊：我是小凤，杨槐，我是你媳妇。

声音通过茄子样的东西传出去，一下子扩大了几倍。突如其来的声音吓了小凤一跳。待她确信，这是她真实的声音之后，她更加起劲地喊：杨槐，我是小凤，我是你媳妇，快来救我……

声音随着风，飘到了八路军的阵地上，自然也飘到了杨槐的耳朵里。

杨　　父

杨槐的父亲是在那天黄昏时分出现在八路军阵地上的，此时的八路军呈月牙形把炮楼包围了。除了岳福常的营，还有另外两个营。八路军半围了炮楼，并没有很好的攻打炮楼的办法，从鬼子的所作所为来看，就是想诱使八路军前来攻城，以图一举歼灭。

县城里的田野大队的一千多名鬼子并不可怕，可怕的是驻在市里的日本人联队，还有好几千人随时做好了增援的准备。鬼子就是想通过这次诱捕行动，逼迫八路军就范，在城外和增援的鬼子一起把八路军消灭。

就在这时杨槐的父亲来了，杨槐的父亲此时一副猎人打扮，用绑腿把腿脚系了，身上背了杆猎枪，风把他的花杂的胡须吹得乱舞一气。他像一名老兵似的立在杨槐面前，杨槐惊诧地看着父亲，说：爹，你不该来。

杨父瞪着杨槐，抖着声音说：你媳妇被鬼子抓进炮楼了，你管不管？

杨槐说：爹，小凤不是我媳妇。

杨父：混账，这个媳妇你不认，我认。虽然她没进咱家的门，就让小鬼子给抓走了，可咱做人得讲究，她要是不和你成亲，能被日本人抓去吗？

杨槐不想在父亲面前辩白什么，父亲的心他懂，可按照父亲的心思让他接受小凤，他真的无法做到。

父亲坐在一棵树下，眯着眼睛望着炮楼方向说：你媳妇被小鬼子抓到炮楼去了，你到底管不管？

杨槐说：爹，你没看见八路军的队伍都拉出来了，现在首长正在想办法。他们抓去的不是小凤一个人，还有好多妇女儿童。

太阳西斜了一些，一缕风过来，便送来小凤的喊声：杨槐，我是小凤，快来救我……声音断断续续，似被风扯断了。

杨父就用手指着杨槐说：你听听，小凤早就把你当成她男人了，你还不承认。

杨槐低下头，他想象着炮楼里的小凤，心里就乱了。

八路军的队伍就是远远地把半个县城围了，因为还没想到最好的攻城办法，也只能这么围了，阵地上设了卫兵，其余的人躲在山坳里宿营。

杨槐也曾请过战，他希望自己带着一些人潜进炮楼下面，打敌人一个措手不及。他的想法没有得到岳营长的支持。以前为了蚕食敌人，冷不丁出击一下，也许还能收到一定的效果，现在敌人是有准备的，这样突袭的效果肯定不会再有了，有了准备的敌人说不定会让突袭的人吃个大亏。

其实鬼子早就有了预谋，每到傍晚，太郎和次郎就各带着几个伏击的士兵潜出来，在距离炮楼二百多米的地方潜伏下来，从每个制高点把炮楼前的开阔地都控制住了。如果这时杨槐再出现，他们不仅能压制住八路军的火力，就连退路他们也封死了，也就是说，再有小股八路军队伍进入他们的火力点，他们会让八路军有去无回。他们经过几次和杨槐的对峙变得聪明了，他们设了一个口袋，就等八路军来钻了。

夜晚终于来临了，杨父抱着那杆猎枪靠在一棵树上，看着远处的炮楼一点点地消失，夜咕咚一声说来就来了。

杨槐就说：爹，你回去吧，打鬼子的事有八路军呢。

父亲不说话，目光一直望着炮楼方向。

小凤仍在喊：杨槐，我是你媳妇，快来救我呀，小鬼子是群畜生。

小凤的喊声在夜晚清晰地传了过来，在八路军阵地上慢慢扩散着。

杨父终于说：槐呀，这是小凤在喊你哩，你就能在这里待得下去？

杨槐说：爹，八路军有纪律，况且凭我一个人，也救不了小凤。

杨父在暗处就盯紧杨槐说：槐呀，你还是不是我儿子？

杨槐就说：爹呀，你说的这是什么话呀，我到啥时候也是你儿子呀。

杨父就说：那你就跟爹一起去救小凤。

杨槐怕父亲跑了似的拉住父亲说：爹呀，小鬼子可不是猎物，没那么容易，八路军首长正在想办法呢，八路军是穷人队伍，哪能见死不救呢。

炮楼里传来女人的喊叫声、孩子的啼哭声。杨父抖了身子道：槐呀，你听，小凤都让小鬼子奸了，你媳妇都被人奸了，你还能在这里待得住？

日本人的淫笑之声和女人的哭喊声断断续续地传过来。

父亲扛着猎枪站了起来，杨槐就拉住父亲：爹，你要去哪儿？

父亲用力地把杨槐甩开：我不是你们八路军的人，我去哪里和你没关系。

父亲说完就要走，杨槐抱住了父亲，哑着声音说：爹，鬼子这仇咱们早晚得报，八路军首长正在研究，这炮楼迟早都得端掉。

父亲一把推开杨槐，转身又要走。杨槐拦住了父亲的去路，他把满堂叫了过来，让满堂看着父亲。

杨槐还有查哨的任务，八路军的阵地和敌人距离这么近，他们不能放松警惕。当杨槐转了一圈把明哨暗哨都检查了一遍，再次回来的时候，满堂慌张地跑过来说：排长，大叔跑了。

杨槐头上的汗一下子冒了出来，他知道父亲会去干什么，他来不及多想，拉着满堂向炮楼方向爬去。

炮楼上方的探照灯扫来荡去的，夜晚的世界就黑白分明了。炮楼一下子安静了下来，奸淫完妇女的鬼子似乎累了，只剩下炮楼顶上哨兵的皮鞭声有节有律地响着。

茫茫黑夜，杨槐不知道父亲在哪里潜伏着，但凭直觉，父亲就在这暗夜里伏着。父亲是个老猎人，十几年的狩猎生活锻造了父亲的机敏，在大金沟时，有时父亲为了狩到一个大猎物，几天几夜在山里搜寻着，经常会和猎物躲猫猫，潜伏在一个地方几天几夜，静等着猎物的出现。杨槐这手好枪法就是跟父亲学来的，包括作为一个猎人的警觉，现在他不仅具有猎人的警觉，还多了八路军战士的责任和义务，他面对的不是昔日的猎物了，而是比猎物凶残百倍的鬼子。残酷的战争让他迅速从猎人转变成一个在阵地上弹无虚发的神枪手。

寂静难熬，他和满堂蛰伏在一个土丘后面，身后就是八路军阵地，前方几百米就是鬼子的炮楼。父亲消失在黑暗中，他不能不为父亲以及身在炮楼中的小凤提心吊胆。

天微亮起来，先是身边的树木和土丘清晰起来，然后就是前方的炮楼显出了轮廓，又过了一会儿，炮楼上飘扬的日本人的膏药旗也能分辨出来了，然后是两个头戴钢盔站在炮楼上的鬼子兵。

也就在这时，前方不远处的一个地方，先是掠过一片火光，接着就是一声闷响。

杨槐似乎被这突然而至的枪声吓了一跳，这熟悉又陌生的猎枪之声，让他每个神经都绷紧了。炮楼上那个还在四处张望的日本兵一头便栽了下来。

杨槐看到了父亲模糊的身影，还像当年狩猎时那么敏捷，父亲打了一枪，便滚到另一个土丘后，他看见父亲在熟练地往枪膛里压子弹。当父亲又把枪探出土丘后，杨槐感到一股炙热的空气迎面向父亲飞去。当他举起枪时已经晚了。

父亲的半截枪筒被子弹击弯了，子弹射在猎枪筒上，突如其来的惯性让父亲的猎枪飞了出去。

父亲呀的一声，只发出了这一声惊叫，又一发子弹飞了过来，父亲的帽子又被击飞了。

父亲似乎想撤回来，身子刚动，便又一颗子弹射过来，打在父亲的脚下，父亲便不动了，蜷着身子伏在那里动弹不得了。

杨槐接下来看到几个日本兵从两个方向弯着腰向父亲冲了过来。他手里的枪响了，满堂的枪也随之响了，跑在最前面的两个鬼子倒下了。杨槐射击完，下意识地把枪收了回来，也就是在那一瞬间，一颗子弹飞来，“噗”的一声击在他刚才射击的位置。

杨槐伏下头，他只能眼睁睁地看着父亲被几个鬼子捉住，趔趄着身子向炮楼方向退去。

他喊了一声：爹……

父亲回过一次头，似乎嘟囔了句什么，杨槐没听清，父亲便被押进了炮楼。

香　草

香草一天中午时分在井台旁洗衣服，肚子里的孩子已经开始显山露水了，香草笨拙地洗着衣服，这时就来了两个外乡打扮的人。他们见四周无人，便凑过来冲香草说：你是香草吧？

香草陌生地望着两个人，最后还是点了点头。

其中一个人就说：我们是王伏生队伍上的，伏生打仗时受了伤，快跟我们走，去看看伏生吧。

香草提在手里湿淋淋的衣服就掉在了地上，她突然想起了什么似的说：那我回家一趟，告诉爹妈一声。

两个外乡人已经把她架在了中间，一个人说：伏生伤势很重，晚了就来不及了，伏生一定要见你一面。

香草就彻底地失去了理智，在两个陌生人的裹挟下匆匆地往庄外走去。快走到村口时，碰到一个同庄人，她眼里含了泪，泣声说道：二叔，我去看伏生，你告诉我家一声。

被称为二叔的人，立在那里，惊惊怔怔的样子，待反应过来，便一溜小跑着向庄里跑去，但一切都已经晚了。

庄外有一小队日本人的军队，当香草被托举到马背上，才明白过来，可这一切都已经晚了。香草的哭闹和叫喊声，只留在了风里。

傍晚时分，香草被带进了炮楼。

杨父被抓进炮楼里时，一直嚣叫个不停，于是，他就被五花大绑了，小凤就在一旁劝慰着：爹，你就消停会儿，省点力气吧。杨父不想省力气，仍头顶脚踢的样子。小鬼子似乎不把杨父当回事，把他和一群妇女儿童关在一起，留下几个伪军守着。

伪军排长就说：杨老头，你就省点力气吧，叫也没用，皇军是不会放你的。

杨父就梗着脖子说：中国人凭啥给小鬼子卖命，猪，狗……猪狗不如。

伪排长就笑笑，对杨父的话似乎没听见。

杨父仍然骂：小鬼子，有本事你就杀了我。

伪排长说：老爷子，你就消停会儿吧，日本人暂时不会杀你。他们要杀你儿子，谁让你儿子是八路军神枪手呢。他杀死那么多皇军弟兄，你是自投罗网，就是你不找上门来，我们也会去找你的。

杨父就把小凤看了，叹了口气说：凤呀，我们杨家对不起你。

小凤只有低泣的份儿了，她偎在杨父的一边，说：爹呀，咱们什么时候才能出去呢？

杨父仰起头，鼓励着小凤还有那些无辜的妇女说：快了，八路军就在外面，已经把这里包围了。

杨父虽然这么说，可他的心里一点底也没有。八路军阵地，他是上去了，也亲眼看到了，可他自己被抓到了炮楼里，看到了炮楼里长枪短炮的日军，一副壁垒森严的样子，他心里就有种不祥的预感，凭八路军现在的实力，要想拿下炮楼里的鬼子恐怕不容易。杨父没有打过仗，可他这辈子一直和火枪打交道，他知道手里的火枪可以射杀任何猎物，可要是对付炮楼里这些鬼子却比登天还难。

鬼子为了诱使杨槐出来，什么招都用得出来，可杨父没想到会把小凤抓来，小凤还没进他们杨家的门，就替杨家受了这么大的过，此时被关在炮楼里，什么时候出去，能不能出去，一切都还是个未知数。他看着眼前的小凤，心里的愧疚就比山高比海深了。

他冲小凤说：孩子，杨家对不起你，我要早知这样，说啥也不会让你嫁给杨槐呀。

小凤也眼泪汪汪了，她说：爹，我不怪你，从我爹答应和杨槐这门亲事，我就生是杨家的人，死是杨家的鬼了。爹，你什么都不用说了，我小凤认了。

杨父听了小凤的话，一副肝肠寸断的样子。在这之前，他的印象里小凤就是个听话勤快的孩子，杨槐要是把小凤娶到家，那是杨家的福分。让他没想到的是，小凤不仅有一个女孩子该有的本分，还有她刚烈的一面，重情重义，他对小凤刮目相看了。

杨父就颤着声音说：孩子，要是有一天咱们出去了，杨家一定要善待你。

小凤就热热地喊了一声“爹”。

傍晚时分，香草挺着肚子被两个伪军抓进了炮楼。她进来的那一瞬，挡住了光线，炮楼里黑了一下，待她走进来，杨父就看见了她。

香草也看见了他，怔怔地叫了一声：大叔，你怎么也在这儿？

小凤成亲未遂，半路上被日本人抓走的事全村人都知道了，杨父出门去找队伍上的杨槐村人也知道，小凤被抓，只有八路军能够救小凤，在香草的心里，小凤一定会被救出来的，她相信杨槐的枪法。在她的心里，这个世界上所有人的枪法也抵不上杨槐和伏生的。从小到大，她对这两个男人都刻骨铭心，是他们教会了她狩猎、打枪，甚至懂得了什么是爱。杨槐让她明白了爱，伏生让她成为了女人。两个男人就碑一样地立在了她的心里。她相信杨槐和伏生在这个世界上是最优秀的男人。

在她的心里一直坚信，小凤会被杨槐救出来的。

当被拖到日本人的马背上，她并没有一丝半毫的慌乱。日本人抓她，伏生就会去救她，伏生射杀日本人的本事比狩猎还容易，从伏生拿回家里的银圆就能感受到这一点。她被鬼子推搡到炮楼里时，意外地看到了杨父。她轻轻叫了一声：大叔……

杨父见到香草感情就有些复杂，他先是怔了一下，然后慢慢地垂下头。自从香草嫁给了伏生，这种复杂的东西就有了。三家人在一个地儿住着，相距很近，从大金沟到冀中，三户人家紧密地团结在一起，有难同当。三家人甚至不分彼此，他们同心协力地面对苦难。自从香草嫁给伏生开始，这种关系就被打破了。另外两家人变成了一家人，杨家自然成了局外人，局外人的心态让杨家越走越远，以前三家人其乐融融的情景不再有了。香草每次见了杨家人，还和平常一样，叔呀婶呀亲切地叫，杨父和杨母就冷了一张脸，嗯嗯哪哪地应着，全然没有了以往的热乎劲。

香草的突然出现，让杨父突然意识到鬼子的阴谋层出不穷。他背靠在墙上，叹了口气说：草哇，你不该嫁给伏生，小凤也不该嫁给杨槐，你们受他们连累了，鬼子这是绑票呢。

香草听了这话，甚至笑了笑，满怀自信地说：叔哇，放心，杨槐和伏生会来救我们的。

杨父痛苦地闭上了眼睛，他想象不出八路军就凭那几条破枪，如何把他们从这壁垒森严的炮楼中救出去。但他又不能把真心话说出来，幻想永远是美好的，就让香草和小凤把这份美好的幻想延长一些吧。想到这，他咧了咧嘴说：伏生和杨槐一定会救我们出去的。

夜晚来临的时候，炮楼的二层下来了两个日本人，鬼子两眼冒着绿光在女人堆里搜寻着，有孩子的妇女，死死地把孩子抱在胸前，孩子因母亲的用力哇哇大哭起来，鬼子就笑着，淫邪的目光在女人堆里扫荡着。小凤挨着杨父坐在一起，离女人稍有几步的距离。鬼子看到了小凤，咧开嘴叫了一声：花姑娘的干活。

一个鬼子上来就拉小凤，杨父的手仍被绑着，但他却把身子挺在了小凤的前面，说：她是我儿媳妇，你们不能动她。

另一个日本鬼子上前踹了杨父一脚，杨父跌倒了，鬼子就把小凤扯了起来，拖拖拽拽地向二楼走去。

小凤回头喊叫着：爹……爹……

杨父努力地挺起身子，他向楼梯口的鬼子扑去，一个伪军赶过来，一枪托把他砸倒在地。伪军用枪抵着杨父的头道：老实点老东西，太君想玩花姑娘与你何干？

杨父把眼睛闭上，咬着牙说：孙子，你给我来一枪。

伪军没有给杨父来一枪，又给了一枪托，杨父头一歪便晕了过去。

小凤在楼上就激动地叫：小鬼子，你们不是人，你们不得好死。

小鬼子喘息着，狞笑着。

两个时辰之后，小凤披头散发地被架了下来，两个鬼子像扔一捆稻草似的把小凤扔在草上。小凤似乎已经没有力气挣扎了，只是低泣着。

杨父醒了，他挪了挪身子，目光就望见了伏在草上的小凤。两双目光就那么望着。小凤有气无力地说：我不活了，我活不下去了。

杨父也只剩下咬牙的份儿了，他恨不能把牙咬碎咽到肚子里去。他哆嗦着身子，怕冷似的望着小凤，哽着声音说：小凤，是杨家害了你呀。

小凤目光呆滞，喃喃道：我不活了，我肯定不活了。

再后来，杨父就又被鬼子抓到了炮楼顶层，两个伪军在调试着扩音器，拿着茄子样的麦克风呼呼地吹起。一个鬼子和翻译官就走了过来，先是拿过麦克风也呼呼地吹了两口，然后说：八路军排长杨槐你听好了，你爹要和你讲话了。

两个伪军推推搡搡地把杨父推到前面来，杨父站在炮楼顶端望着眼前黑漆漆的世界，探照灯扫把一样地在黑漆漆的世界里扫来扫去，世界就在他的眼前变得黑黑白白了。

他已经把自己的舌头咬出血了，他吐了一口血水。翻译官冲他说：老爷子，说吧，让你儿子来救你们。

杨父站在麦克风前，他浑身抖颤着，牙齿甚至磕出了嘚嘚的声音。望着眼前漆黑的夜，他知道自己的儿子杨槐和许多八路军战士就隐在这暗夜里，他吸了口气，又吐了口血水，终于说：杨槐，你要还是个爷们儿，这仇一定要报，你女人被小鬼子糟蹋了，好多女人都被鬼子糟蹋了。杨槐，你带上你的枪，一枪枪地把小鬼子都射成对眼穿，把你媳妇救出去，你才是个男人。杨槐，你爹打进来，就没想活着出去。槐呀，这仇就等着你来报了……

接下来，杨父就开始对小鬼子破口大骂了，日本人的枪托就砸下来，在暗夜里发出清脆的声响，又通过扩音器传了出去，声音就有些夸张。

杨父躺在炮楼顶上，他头上流着血，血已经让他的眼睛睁不开了，他仍在骂：畜生小鬼子，老子不尿你们。有本事你们就打死我，我活了这么大岁数够本了。

杨父被两个伪军拖拖拽拽地拉了回去，他被推倒在炮楼一层的草堆上。他的手仍被绑着，这里他是唯一的男人，他的身边是那些手无寸铁的女人和儿童。

杨父的手被一双哆哆嗦嗦的手解开了绳索，杨父用手抹了一把脸上的血，朦胧中他看见了小凤，小凤披散着头发，面如死灰。他嗅到了从小凤身体里散发出的死亡气息，他僵怔着，突然跪到小凤面前，他压着声音：孩子，是我对不住你，我们杨家对不住你。孩子，你不要想不开，杨槐会来救你的。

小凤慢慢地蹲下身，双手捂住脸，泪水无声地从指缝间流淌下来。

香草挺着肚子挪过来，她气喘地看着跪在地上的杨父，伸手去拉，道：大叔，你起来，咱们有话好好说。

杨父没有起来，他勾着头压抑地哭泣着。小凤突然也跪在了杨父面前，一老一少就那么跪着。

小凤用绝望的声音说：爹，我没脸再进你们杨家门了，也没脸回我们家了，我会变成一个野鬼。

杨父抖着身子说：凤啊，好闺女，你生是杨家的人，死是杨家的鬼。

小凤呜哇一声就扑到杨父的怀里，杨父把小凤紧紧地抱住，一边拍着小凤的后背，一边说：凤哇，杨槐一定会来替咱们报仇的，他这仇报不了，他就不是我儿子。

香草在一旁看着也流下了眼泪。

攻打炮楼

八路军已经扇面似的把半个县城和炮楼围住多日了。

经多方请示，团部研究决定，这炮楼非打不可了。鬼子抓了许多百姓关在炮楼里，方圆十里八村的已经是群情激愤了，如果八路军不能解救这些无辜的群众，会影响群众对八路军的信任，开辟根据地将会面临更大困难。群众是水，八路军是鱼，鱼是不能离开水的，八路军冀中分区研究决定，围城打楼。围城是假，攻打炮楼是真。

冀中分区为了把这一仗打得万无一失，又调来一个团的兵力，两个团加在一起，一个团围城，不让城里的敌人出来增援，另外一个团分四个角同时向炮楼发起攻击。

八路军知道，凭现在的实力拿下炮楼也很成问题，每个炮楼里有鬼子几十人，外加几十人的伪军，兵力倒不是很多，可他们凭借着坚固的炮楼，八路军想攻下炮楼并非易事。

好在八路军有攻打炮楼的经验，发动十里八村的百姓，收集了数十辆手推车，在手推车上竖了一块厚实的木板，木板上又铺了几层棉被，几个为一组，隐蔽在手推车后面。这种战法，被八路军称为土制坦克。

就在八路军攻打炮楼时，王伏生带着几个人找到了杨槐。

自从小凤和父亲被抓，杨槐早就热血撞头了，这时他还不知道香草也被鬼子抓到了炮楼。王伏生得知香草被鬼子抓进炮楼的消息时，差点儿晕过去。那是夜里，他就要带人攻打炮楼解救香草，却被高大队长给拦住了。平时打个伏击，他有这个权力，可明目张胆地攻打炮楼，这不是他能做得了主的。

八路军冀中分区调集兵力围攻县城的事三一九团已经听说了，上峰没有配合八路军攻城的打算，他们想看一次八路军的笑话。换一句话说，他们要看八路军和日本鬼子拼个你死我活之后，再决定是否出面收拾这残局。

王伏生不知道这其中的伎俩，更不知道国民党在八路军和日本人之间玩阴谋。面对高大队长的拒绝，他并没有离开，站在高大队长面前，血脉偾张地说：大队长，我媳妇被鬼子抓进炮楼了，我不救她，难道让八路军去救？

高大奎为难地抖着手，压着声音说：伏生，我理解你的心情，可上峰没有命令呀，我擅自让你带着队伍攻打鬼子炮楼，是要被撤职的。

伏生说：那我就一个人去，和任何人都没有关系。

高大奎望着伏生说：伏生，你的心情我理解，你最好也不要去，凭八路军那些破枪，想招惹日本人，那是引火上身的，你媳妇的事，等八路军打败了，我们再想办法。

王伏生知道在高大奎这里已经讨不到说法了，他低着头离开了大队部。回到自己的分队后，他已经做出了一个视死如归的决定，那就是自己参加八路军攻打炮楼的队伍，哪怕是流尽最后一滴血，也要把香草救出来，他救出的不仅仅是香草，还有香草肚里的孩子。

他回到分队，看着几十个朝夕相处的战友，觉得有许多话要对他们说，却不知从何说起。他从床下搬出了两坛子酒，这两坛子酒是他准备孩子出生时招待弟兄们的。他把酒打开了，酒的香气顿时弥漫开来。他舀了一碗，递给离自己最近的一个战士道：兄弟，这是给我孩子庆生的酒，今天就把它喝了吧。

他依次地把酒递过去，战士们喝了一圈，然后都默默地看着他。用告别的心情，他也喝了一口，然后用目光扫视着大家伙说：弟兄们，谢谢这么多年的捧场，明天一早我就去打鬼子炮楼了，去救我老婆。

士兵们就说：队长，我们和你一起去救嫂子。

他把酒碗放下摇了摇头：我不连累大家，我要是还能回来，以后咱们还是好兄弟，要是回不来，你们记住你们曾经有个朋友叫王伏生。

伏生说到这里，已经满脸的悲壮了。

士兵们动情地望着王伏生。伏生把酒碗里的酒一口干了，然后举过头顶，把碗摔得粉碎。

第二天，天刚蒙蒙亮，王伏生就起来了，把靠在墙角的枪拿过来，又把装满子弹的子弹袋系在腰上，当他走出屋门的时候，院子里已经站满了全副武装的士兵，他怔在那里。

有一个班长就说：队长，我们和你一起去救嫂子。

他看着这些生死与共的士兵，眼圈突然红了，哽着声音说：弟兄们，你们请回吧，伏生不能连累你们。

士兵们不说话，默默地望着他，他冲这些士兵鞠了一躬，然后转身就走了。走了一段，他发现情况不对，身后两排士兵在默默地跟着他，就像每次执行任务时一样。

他立住脚，哽着声音说：伏生是违反军纪冒死救自己媳妇，伏生决不能连累大家伙。

士兵们仍不说什么，静静地望着他。

他又冲这些士兵鞠了一躬，转身又向前走去，士兵们依旧默默地跟着。

他转过身，突然给士兵们跪下了，嘶着声音说：弟兄们，你们的心思我理解，我是去救媳妇，枪子儿可不长眼睛，伏生不能连累大家伙。

曹班长就说：队长，你什么也别说了，弟兄们跟你这么多年了，你从来没亏待过我们，就让弟兄们报答你一回吧。

伏生抬起头时已是满眼泪花了，他俯下身一连冲弟兄们磕了三个头。再站起身来时，他没有再回头，铿锵地向县城方向走去，弟兄们也没有停留，跟着伏生一路走下去。

八路军攻打炮楼的战斗是在那天的清晨开始的，太阳还没有从东方出来，也就是鱼肚白的时候。

一路部队杀到城下，他们不是想攻城，而是防止城里的援军出来；另一路人马推着做好的战车，从树林里冲出来，一下子越到了河滩上，这支队伍样子怪异，在日本鬼子看来，甚至有些搞笑，每辆车后面都有三名士兵，一个人推车，两个人交替着射击。

鬼子当初没有反应过来，站在炮楼顶端那两个哨兵，被突然而至的几十辆独轮车惊呆了，他们张大嘴巴，探着头往外看着，这时杨槐的枪响了，他射了一个串糖葫芦，两个小鬼子甚至都没有来得及叫一声，便一头栽倒了。接下来枪声就乱成一团了。

杨槐伏在独轮车后，他在寻找太郎和次郎。太郎和次郎果然身手不凡，独轮车上做的挡板，虽然起到了很好的保护作用，但露在外面的脚，有时半个身子，还是被太郎和次郎抓住了机会。推独轮车的士兵纷纷中弹，又有另一个士兵推起独轮车，奋勇向前。

杨槐寻找到了太郎和次郎的射击位置，这种攻打炮楼毕竟不是伏击，太郎和次郎的射击位置也变得不那么隐蔽了。杨槐先是击中了太郎的肩头，太郎一闪身倒在了炮楼里，他在寻找次郎那个点，突然，推独轮车的那个士兵一头栽倒了，车停了下来。又有一个士兵过来推起了独轮车。

一挺机枪在炮楼里疯狂地射击着，营长岳福常在不远处的独轮车后面大声地喊着：杨槐，干掉他。

杨槐甚至没有瞄准，只是一枪，那挺机枪就炸了膛。顷刻间，炮楼里从喧闹一下子变得安静。杨槐在寻找着下一个射击目标，就在这时，他的枪口一抖，一发子弹击中了他的枪口，枪口变了形，自然无法射击了，他知道这是小鬼子的神枪手，推独轮车的战士把枪递了过来。他看到炮楼一个枪口闪了一下，那无疑就是射击的次郎了。

独轮车越来越接近炮楼了，里面的鬼子和伪军已乱成一团了，在地面一层射击的伪军，看见越来越近的八路军，吓得往炮楼里跑，被督战的鬼子又拦回来。伪军躲在掩体后已经无心恋战了。

有几辆独轮车已经杀到炮楼下，往一层扔了几颗手榴弹，没有死的伪军，扯着一块白毛巾从炮楼里滚了出来。

二层和三层的鬼子，押解着人质跑到了炮楼顶端。爆破手已经把几捆炸药包安放在炮楼里了，就等一声令下，炸了敌人的炮楼。

当炮楼里剩下的十几个鬼子押着香草和小凤、杨父走到炮楼顶层时，枪声一下子停了下来，整个世界安静了下来，似乎死去了。

王伏生带着十几个士兵从河滩处冲了过来。战斗打响的时候，王伏生就带人冲进了河滩，他们没有独轮车，无法前进，便打起了点射，炮楼里的鬼子便成了他们的活靶子，一个又一个机枪手倒下了。王伏生发现了炮楼里的神枪手，他的火力把敌人压制得不敢露头，八路军能顺利地攻到炮楼下，王伏生等人的掩护功不可没。

炮楼周围一下子安静了下来，城里前来增援的鬼子和城外的部队交上了火，在城门口又打得火热了。

杨槐知道要用最快的速度攻下敌人的炮楼，解救那里的人质，否则，城里的鬼子杀出来，他们将前功尽弃。

王伏生看见了香草，香草被一个日本军官用枪抵着，抵着她的人就是受伤的太郎。王伏生就喊：香草，别怕，我来救你了。

他的枪已瞄准了香草身后的太郎。

这时，翻译官哆哆嗦嗦地被日本人从人群后推了出来，他声音打着战说：八路军弟兄们，太君说了，让你们撤走，否则，他们就杀了你们的亲人。

杨父被一个日本鬼子推到了前面，他仍被五花大绑着。翻译官冲杨父说：快说呀，让你儿子带着队伍撤下去。

杨父看到了人群中的杨槐，他朗声大笑了两声，下巴上的胡须抖颤着说：杨槐好样的，你媳妇被日本人奸了，这仇你一定要报。

日本人一枪托砸了下来，杨父摇晃了一下，倒下去了。还没有完全倒下，被日本鬼子拉了起来，挡在了身前。

杨父头上流着血，他睁开眼睛道：杨槐，枪往我这儿打，决不能放过狗日的小鬼子。

杨槐就喊了一声：爹……

父亲如此这般，让他的心都快碎了，他有机会射击，但他不能射击，他怕伤了香草、小凤还有父亲。

这时杨槐也看到了小凤，这是他第一次这么近地看着小凤，小凤低垂着头，头发披散下来，她抬了一次头，看到了杨槐，在那一瞬间，她的目光和杨槐有了一次短暂的交流。杨槐看到小凤，心里抖了一下，他感受到了小凤心如死灰的那份决绝。小凤从牙缝里挤出一句话：杨槐，我生是杨家的人，死是杨家的鬼。

小凤的头垂下去，便再也没有抬起来。

杨父就吼着说：还愣着干啥，开枪呀儿子。

炮楼后面枪声大作了，城里的鬼子杀了出来，阻击鬼子的部队拼死抵抗。日本人打开了炮，有几发炮弹落在炮楼周围，在人群中爆炸了，人群乱了起来，有许多人又趴到了独轮车后。

顶层的鬼子看到援军即将到来，也振作了起来。杨父扭过头看了眼大批拥来的鬼子，喊了一声：鬼子又来了，快开枪呀。

说完他挣脱开拉着他的鬼子向前一扑，人就从炮楼顶层掉了下来。

杨槐手里的枪在这一瞬间下意识地响了，躲在父亲身后的鬼子一头栽倒了。杨槐不知道他射中的正是次郎。

鬼子手里的枪也响了，杨槐看到躲在小凤身后的鬼子不停地射击，有一发子弹正击中王伏生的枪上。王伏生滚进了一辆独轮车后，小凤突然喊：杨槐，打死我吧。

敌人的援军已经杀了进来，营长岳福常跑了过来，冲杨槐说：敌人援军到了，快撤。

杨槐似乎没有听见营长的命令，他呆呆地望着小凤。小凤有几次想挣脱鬼子的手，想学杨父纵身从炮楼上跳下，但都没有成功。这时王伏生已经带着人钻进了炮楼，炮楼里便枪声四起了。

炮楼顶上的鬼子拖拽着人质想重新钻到炮楼里去，小凤绝望地喊：杨槐，你要还是个爷们儿就朝这儿开枪。说完拍了拍自己的胸脯。如果鬼子带着人质重新钻到炮楼里，那么这次攻打炮楼的计划将宣告失败。

杨槐就在这时，闭了一下眼睛，手里的枪响了，他睁开眼睛的时候，看见小凤冲他笑了一下，她的胸前绽放出一缕漂亮的血花。她的身后受伤的太郎一起倒下了。

香草已经被王伏生从炮楼里救了出来，一行人掩护着王伏生和香草撤下去，炮楼里那些关押着的妇女随即也冲了出来，有几个人倒在了血泊中，还有几个人被八路军拉到了独轮车后，增援的鬼子赶到了，枪炮声已经乱作一团。

八路军边打边撤了下去，王伏生带着香草和十几名士兵被鬼子压制在一个土坎下，敌人两挺机枪封锁住了王伏生的退路。

杨槐看到了那两挺机枪的位置，连发了两枪，敌人的机枪哑火了。杨槐趁这间隙喊了一声：伏生你带着香草撤，我掩护你。

伏生就架着香草向下跑去。

杨槐又射中了两名射手，待见伏生已撤到安全地带，便也撤了下去。他的耳边响起了伏生的喊声：杨槐，你救了我和香草，这个情我一定还……

杨槐跑到了树林，躲到了安全地带，有许多撤下来的战士都躲到了这里。杨槐蹲在树下，他想到了父亲最后的纵身一跃，又闪过小凤最后那缕微笑，他抱住自己的头，突然呜呜地哭了起来。

时过境迁

城外的炮楼终于被端掉了，鬼子又缩回到了城内，八路军的游击战仍零零星星地蚕食着鬼子，城里的鬼子偶尔出来扫荡一次，八路军就和鬼子激战一次，双方互有伤亡。八路军的根据地越来越大了，队伍也得到了扩大，三年以后，杨槐已经是八路军一名营长了。以前的岳营长已经是团长了。

这是三年以后的事情了。在这三年的时间里，他见过王伏生几次。香草生了，是个男孩。得到消息的王伏生起了个大早，特意赶到八路军营地来通知杨槐，他跑得气喘吁吁，鼻子上都挂了汗了，见了杨槐从兜里掏出两只红皮鸡蛋，这是当地风俗，每逢喜事都要以红皮鸡蛋相送。那两只红皮鸡蛋还热乎着，带着伏生的体温。伏生结结巴巴地说：生，生了，香草给我家生个男娃。

杨槐手里握着那两只红皮鸡蛋，望着满头是汗的王伏生说：该给娃起个名了。

王伏生抹一把头上的汗，用舌头舔了舔嘴唇，憨憨地笑着说：我在路上想了几个，不是狗剩不好听，还是你帮着起一个吧。

杨槐把那两只红皮鸡蛋在手里捣来挪去的，望着天说：要不叫福娃吧。

王伏生抓抓头笑了：还是这名好听，就叫福娃了。

说完向回跑去，跑了两步又停了下来，回过头又说：谢谢你了杨槐，我和香草都谢谢你哩。这回便头也不回地跑去了。

杨槐手里握着那两只热热乎乎的喜蛋，望着远去的伏生，心里一时空空落落的。福娃，福娃，他在心里默念着，他又想到了香草。上次香草从炮楼里被救出之后，伏生就把她送到家里去了，再过几个月香草就要生产了。

第二次见到伏生时，那会儿福娃已经两岁了，王伏生已经是少校副营长了。王伏生把香草接到了队伍上，那会儿队伍不经常打仗，居住也相对固定，伏生便把香草和孩子接到了部队。少校副营长王伏生派来个通信员通知杨槐，让他有空去自己那儿看一看。

那会儿皖南事变已经爆发了，国共已经不再合作了，但关系也不那么紧张，他们面对的共同敌人仍是日本人，两支部队仍互相走动。

杨槐没有马上去看王伏生，他不知道王伏生又有什么喜事了。有一次，杨槐带着队伍去白家庄开会，回来时路过王伏生驻地，他顺便去看了眼王伏生。

当卫兵带着他走进王伏生居住的小院时，他看见香草正站在院子里晾衣服，两岁的福娃拿了一根棍子在地上抠土。杨槐站在院门口，打量着香草和福娃。半晌，香草也看到了杨槐，挓挲着手，愣了片刻道：杨槐哥，你来了。

杨槐望着眼前的香草，她比以前胖了一些，以前扎的辫子不见了，改成了披散在脑后，看上去比以前丰满了一些，也成熟了一些，女人的味道从香草的每个细胞中点点滴滴地透露出来。

他站在门口轻轻地叫了一声：香草……

两个人似乎都有些晃怔，片刻，香草反应过来拉起地上抠土玩的福娃说：叫舅舅……

福娃陌生地打量一眼杨槐，突然扭头向屋里跑去，然后伏在门框后面，露出半张脸打量着杨槐。

那天晚上，王伏生从外面买回来一瓶酒，四个人围着一张桌子坐在院子里吃了一顿饭。两个人喝下半瓶酒后，香草突然说：杨槐哥，你该成个家了。

杨槐望着香草怔了一下，看一眼福娃又看一眼伏生道：来，喝酒。他想把话岔过去。

香草仍说：两年多前，你没能娶成小凤，要是小凤不被日本人抓去，这会儿说不定你的孩子也满地跑了。

一提起小凤，杨槐的眼前又闪过小凤中枪后，挂在脸上那一缕微笑。小凤这种奇怪的神态，已经伴着他好久了，他时不时地就会想起小凤那缕不合常理的微笑。一想起小凤，他心里就油煎火烧似的难受，小凤是为他死的，如果小凤和他没有关系，鬼子就不会抓她，不抓她，她就不会死。他时常还想起，小凤在炮楼里喊：杨槐，你是我男人，我生是你们杨家人，死是你们杨家鬼。半夜里他经常梦见这样的喊声，每次梦见，他一激灵就醒了，然后呆呆地望着暗夜，许久不能入睡。不管他是否接纳了小凤，小凤已经顽强地钻进了他的脑海里，让他挥之不去。

王伏生见香草这么说，便也说：槐呀，你都是八路军营长了，该成个家了。

说完王伏生幸福地望一眼眼前的老婆孩子，嘴里有滋有味地吃着菜，然后咕噜有声地咽下去。伏生的样子既满足又幸福。

香草又说：杨槐哥，要不我帮你张罗张罗，高大奎团长的妹妹现在还没婚配呢，她可是读过书，识过字的。

杨槐把一杯酒倒进喉咙里，扬起脖子说：我吃好了，还要回驻地，你们就慢吃吧。

他突然这么说，王伏生和香草就惊了似的望着他。

杨槐说走就走了，他走到门口，回头想起什么似的说：草儿，要是你回家，碰见我妈告诉她一声，我都好，不用她惦记。

香草怔了一下，还是答：哎……

王伏生走出来冲杨槐的背影说：兄弟，你这就走了……

杨槐没再回头，甩开大步向夜色里走去。

杨槐走后，香草和王伏生有了如下的对话。

香草说：杨槐哥也挺不容易的。

王伏生说：要是小凤不死就好了。

香草又说：就是小凤不死，杨槐哥也不一定娶她。

王伏生百思不得其解地说：小凤那娃刚烈得很，是个好女娃，也不知杨槐要娶什么样的。

香草低了头，不再说话了。

王伏生突然想起什么事似的说：我们高团长的妹妹真不错，要不哪天我跟团座说说，要是他同意，咱们就提个亲。

香草放下筷子说：人家杨槐哥不愿意。

王伏生抓抓头：团座的妹子可是百里挑一的，人长得好，又识文断字，人家可是徐州大城市里来的。

香草这时已经拉过福娃回屋里了。王伏生冲着酒杯自顾自地说着。

王伏生和香草没能等来把高团长的妹妹介绍给杨槐那一天，日本人就投降了，局势就急转直下了。

在日本人投降前，八路军两个团把县城里的鬼子已经包围了，城外都是八路军的根据地了，国民党见八路军把城里的鬼子围了，为了不让到嘴的肥肉被八路军独吞，便也调来两个团，把县城围了。两伙人僵持着，就在这时，日本人宣布投降了。

杨槐和王伏生见面是在城里，日本人一投降，八路军和国民党部队几乎同时开进了城里，他们在接收日本人的武器装备。

杨槐带着一个营首先抢占了日本人的弹药库。缺枪少弹的八路军，猛然一见这么多闲置在那里的弹药，比过年还高兴，有几个兵把一挺机枪抬出来，放到院子里，还有几个兵把一箱子弹抬出来，黄澄澄地亮在那里，杨槐叉着腰站在院子中央，指挥着队伍搬运枪支弹药，他第一次有了当家做主的感觉。就在这时，四喜从院子里跑了进来，此时的四喜已经是八路军的排长了，上次受伤，让他的腿落下点残疾，走起路来一颠一拐的。四喜又颠又拐急三火四地跑进来，结结巴巴地说：营长……不好了，国民党的部队把咱们包围了，他们说这弹药是他们的。

正说话间，一队荷枪实弹的国民党兵冲了进来。

杨槐回头冲正在搬弹药的士兵们说：弟兄们操家伙。

战士们把枪拿了起来，有两个战士冲到那挺开封的机枪前，哗啦一声推上了子弹，战斗一触即发的样子。

就在这时，有三两个兵簇拥着王伏生走进来，他和杨槐相向而立。

杨槐吃惊地说：伏生，怎么是你们的人？

王伏生看了眼眼前这阵势，又看了眼杨槐道：杨槐，是你？

两人说完，都把手里的枪收了回去。

王伏生突然回头冲荷枪实弹的士兵们说：撤。

一个连长模样的军官上前说：副营长，接收弹药库那可是团座的命令，怎么就撤了？

王伏生把枪别在腰上，一边往外走一边说：让你撤就撤，日本人又不是只有弹药库。

王伏生一撤，士兵们便也撤了。

杨槐怔怔地望着王伏生的背影，看了好久才回过头来。

日本人投降后，国共便开始了较量。

各为其主

杨槐的队伍先是挺进了东北，参加了四保临江，又转战到了沈阳和锦州，锦州一解放，东北战役也就结束了，北平和天津似乎并没有费太多的周折，部队又一路南下了。在这期间，杨槐心里一直惦记着王伏生。现在和王伏生已经不是友军了，他们各为其主，在战场上拼杀着。可每一次战斗前，杨槐都下意识地在打听对方部队的番号，他知道王伏生的部队是三一九团，当得知对方不是三一九团时，他心里既有一丝庆幸，也有些失落。一场战斗结束了，看着大批的俘虏，他都会站在那里怅然若失地看上好一阵子。

北平和平解放后，那些起义的部队源源不断地从城里走出来，他在起义的队伍里看到了一些家眷，有的妇女抱着孩子，有的手里牵着孩子，低着头走着。他恍惚间，看到了香草，那个女人手里领着一个孩子，从背影和侧面看太像香草了，那一瞬间，他口干舌燥，奔过去，走到那妇女背后喊了一声：香草……

那女人惊诧地回过头，陌生地看了他一眼，淡笑一下说：长官，我不叫香草，我是莲花。

杨槐大睁着眼睛，望着那个女人向远处走去。他也曾在那些俘虏和投诚的队伍中寻找过伏生。每一次战役结束，部队都要对那些俘虏和投诚人员进行登记造册，他拿过这样的名录本，心里都会有种说不出来的情感，他先快速地翻阅一遍花名册，遇到王姓的，他的目光就会停留下来。有一次，他在花名册上看到了一个叫王伏生的人，他让满堂带着他当即去了俘虏营里，满堂大声地把那个叫王伏生的连长叫了出来，那是个满脸长胡子的王伏生，不是他要寻找的王伏生，他只好悻悻而归了。

平津战役结束没有多久，部队就又南下，队伍在宋庄打了一仗。

杨槐带着一个营和另外一个营把叫宋庄的一个地方包围了，城里的守军是三个团的残部拼凑起来的防守部队，具体是什么番号已经没人知道了。

按照当时解放军追赶国民党败军的一句时髦话说：解放军的双脚是和国民党的车轮子赛跑。东北华北一解放，大半个中国都解放了，解放军眼里已经不把号称几百万的国民党放在眼里了，别说一个小小的宋庄，就像石家庄、济南、徐州那样的大城市都被攻克了，他们自然没有把宋庄当一回事。

部队头天夜里把宋庄包围了，第二天早晨便发起了攻击，部队进攻的速度很快，不到一个时辰便攻克了宋庄外的两个堡垒，部队正往前突进时，遇到了敌人顽强的抵抗。

杨槐在营部指挥室里遥控指挥着前方的战斗，他在和尖刀连连长满堂通电话，满堂说部队上不去了，伤亡很大，上不去。他冲电话里说：不管多大伤亡都要冲上去，咱们营不冲，别的营也要冲。他的话还没说完，电话线就被炮弹炸断了。

他摸过桌子上的一把长枪，喊了一声通信员，他要亲自上去。走到一半时，他遇到了气喘吁吁跑来的满堂，满堂一见他便急赤白脸地说：营长，对方有神枪手，压得我们机枪手抬不起头来，没有火力掩护，我们的部队上不去。

杨槐一听对方有神枪手，心里咯噔一下，既紧张又兴奋，他冲满堂说：前面带路。他掂了掂手里的长枪，跟着满堂向前走去。杨槐现在虽然当了营长，到仗打到关键的时候，他总是要露两手，他会出其不意地潜到前沿阵地，看着胶着的战场，观察敌人的火力，然后他悄悄地找到一个掩体，一枪一个，那些火力便哑了火，然后他冲身边的司号员说：吹冲锋号。

部队就冲上去了，他却不动，仍躲在掩体里，冲那些尚存的火力，又一枪枪地射过去，直到敌人阵地彻底哑火。

自从抗战胜利之后，他还没有遇到过真正的对手，他的神枪可以说独行天下。满堂报告说，对方有神枪手，他立马兴奋了起来。他像孩子似的冲到了阵地前沿，找到了一个掩体，这时双方都不打枪了，周围只有零星的枪声不断地响着。

满堂说：营长，对方的神枪手太厉害了，专门射击我们的火力点，想消灭他都找不到，一会儿这儿打两枪，一会儿又那儿打两枪。

杨槐观察着敌人对面的阵地，他的心不由得慢慢地紧了起来，敌人是一支训练有素的部队，火力点分层设置，相互保护，又相互支援，密而不集，炮火的轰炸也不能完全摧毁，对方有纵深，有层次。看来在小小的宋庄杨槐是遇到了对手。此时，他不知道对方神枪手的位置，只有对方射击，他才能抓住这稍纵即逝的机会。

杨槐冲满堂说：开火。

满堂就喊了一声：打！

阵地上的长枪短枪就打了起来，对方的阵地似乎一下子活了过来，也拼命地开始还击了。

杨槐没有动，他在观察敌人的火力，这些明碉暗堡的火力，他并不放在心上，他在寻找对方的神枪手所在的位置，这些火力点是在明处，神枪手的位置却在暗处。对方的神枪手似乎消失了，在双方对射过程中，神枪手并没有出现。杨槐知道，只有自己引蛇出洞了。他一连打了三枪，对面的三个火力点终于哑了下去，正当他准备射击第四个火力点时，一股灼热感迎着他的枪口飞了过来，他在心里叫了一声：不好。

他的枪炸膛了。

他射击的时候，是选择的斜度角，也就是说，只有枪口露在了掩体外面，敌人射击也只能射中他的枪。怔了片刻，他慢慢把枪收了回来，他如梦如幻地望着炸了膛的枪，那粒子弹也是斜着射过来的，从他枪口进去，半尺多的距离又斜着飞了出来。对方显然也是从一个斜角射过来的。他心里暗暗地吃了一惊，他脑子里又闪过王伏生。这么多年来，在战场上碰到过枪法精准的敌人有许多，还没遇到过如此奇妙的枪法，对方的功力绝不在自己之下。他冲满堂说了一声：立刻停止射击。

阵地上一下子哑了下去。

满堂望着那半截残枪道：营长，这个神枪手太厉害了，只要我们一露头，准被压回来。

他看着满堂说：能抓一个活的过来吗？

满堂说：这个不难，营长你等着。

傍晚时分，满堂带着两个战士押着一个俘虏回来了。杨槐亲自对俘虏进行了审讯。

杨槐冲俘虏说：你们是哪个团的？

俘虏刚开始不想说，咧着嘴一副要赖的样子道：长官，我是个新兵，不知道哩。

满堂就踢了俘虏一脚道：不说就毙了你。

俘虏就哆嗦着身子道：我们是三一九团的一个营。

杨槐一下子就明白了，马上又问：王伏生在你们那里吧？

俘虏怔了一下，结结巴巴地说：长官，你认识我们副营长？

杨槐的预感得到了证实，他让满堂找来了纸和笔，伏在阵地上给王伏生写了封信，信的意思是他要和王伏生喊话，并约好了时间和地点。

他把那封信塞到俘虏口袋里，冲俘虏说：你把这封信带给王伏生。

俘虏吃惊地瞪大眼睛，一下子跪下了，一边磕头一边说：长官，你不杀我？

杨槐交代满堂：把他送回去。

满堂把俘虏拎起来走了下去。

天黑下来的时候，杨槐只带着通信员爬出了阵地，来到了双方阵地中间那两棵老榆树旁，这是他约王伏生见面的地点。此时的两棵老榆树已经被炮弹炸得面目全非、烟熏火燎了，燃烧的老榆树正散发着一股烧焦的气味。

半晌过后，杨槐终于听到对面细微的响声，天黑了他看不见，但能感受到对方的存在。对方在距离十几米远的地方便停下不动了。

杨槐就压着声音说：是伏生吧？

对方就答：杨槐，是我。

杨槐终于听到了伏生熟悉的声音，他心里一热，有种说不出的感觉，但他还是很快说：我一猜就是你，能射中我枪口的，也就你一个人有这本事。

王伏生说：杨槐，你一上阵地我就闻到你的味儿了。

杨槐笑了两声又道：伏生，这几年还好吧？

王伏生沉寂了半晌道：福娃都八岁了，这名字还是你起的，他们娘儿俩都好，跟师部在一起呢。

杨槐眼前就闪过香草和福娃，他们现在变成什么样了？他的想象就有些模糊，一点也不具体。

杨槐沉寂半晌又说：伏生，你们被包围了。

王伏生说：这我知道。

杨槐又说：你们的部队老是打败仗，大半个中国都丢了，剩下的也守不住了，伏生，投诚吧，好多国民党将领都投诚了。

王伏生半晌没有说话。

杨槐又说：伏生，我说的是真心话，你投诚吧，我保你没事，想打仗就参加我们队伍，不想打仗就回老家过日子去。咱们老家已经解放了。

王伏生说：香草和福娃在师部呢，我投诚容易，可他们怎么办？

杨槐说：那就带着他们一起投诚。

王伏生说：他们在几十里外的一个镇子里，他们走不了。

杨槐说：这么说，你是想和我在宋庄打下去了？

王伏生沉默了一会儿说：我也不想打仗，宋庄失守，梧桐镇就没有门户了，为了香草和福娃，这仗我只能打下去了。

杨槐沉默了，他望着眼前漆黑的夜，他虽然看不到伏生，但他能闻到伏生的气味。又是半晌，他叹了口气说：伏生，那咱们只能战场上见了。

伏生呻吟般地说：杨槐我没办法，为了香草和福娃，这仗我得打下去。

杨槐伏在那里一会儿，然后说：伏生，那你回去吧。天一亮我们就要主攻阵地了。

王伏生没有说话，一阵轻响之后，他走了。

杨槐望着黑暗，又叹了口气，便也撤了下去。

天亮的时候，攻打宋庄的战斗又一次打响了，队伍没费太大的力气，在杨槐的掩护下，队伍便攻进了宋庄。

杨槐自己都感到诧异，王伏生几乎没有抵抗，他知道如果王伏生在对面的阵地上，他们的攻击不会这么顺畅，他们的火力点肯定会受到王伏生的压制。其实在这之前，杨槐已经做好了准备，队伍攻击时，杨槐便开始寻找王伏生的伏击点，结果，他并没有发现王伏生。在他射掉了几个敌人火力点后，队伍便攻进了宋庄，宋庄已经在四面包围之中，东西北面的队伍攻打得很顺利，唯有南面的队伍久未攻下。

团长便急调杨槐这个营来到了宋庄南，三营在负责攻打宋庄南。三营长在眼见别的方向都已经攻进了庄里，唯有自己的部队不能前进一步，急得已经如同热锅上的蚂蚁了，他在指挥部里摔了帽子，手舞着双枪嗷嗷乱叫。三营进攻的火力点全部被压制住了，没有火力的支援，对方的火力打不掉，突击的士兵已经突击几次了，伤亡惨重，攻击的队伍只能停下来和宋庄南的敌人僵持着。宋庄的三个方向都已经停止了战斗，有的已经开始打扫战场了，唯有庄南仍然激战着。

杨槐出现在庄南，三营长冲杨槐说：老子遇到敌人的神枪手了，把我的枪手都打光了。

不用问杨槐就知道一定是王伏生在这里顽抗着，昨天晚上他摸黑和王伏生谈了一席话之后，王伏生就在他阵地前消失了，从庄北转移到了庄南。他明白，王伏生不想在战场上和他面对面交锋。

三营长把帽子又戴上，冲杨槐说：一营长你也是个神枪手，帮我把这个钉子拔掉，不用一袋烟工夫，老子就能冲进宋庄。

杨槐拍了拍三营长的肩膀道：别急，我去看看。

杨槐说完提着长枪走出营指挥部，三营长就在后面喊：警卫排，掩护一营长。

杨槐的身边就跟来了几个战士。

杨槐伏在阵地上，观察了一会儿，便找到了王伏生伏击的地点，就在一个土堆后面，那里有一个亮光一闪便不见了，他知道那是王伏生枪口闪过的微光。王伏生只有在射击的时候才把枪口露出来，神不知鬼不觉地打掉一个火力点。

他吸了一口气，静静地等候着。三营的火力又一次开始射击了，那道微光又一次出现，只是那么一闪，杨槐的枪就响了，他能感觉到自己射出去的子弹已经射进了伏生的枪膛，果然在他枪响后，那道微光便消失了。杨槐又换了一个伏击地点，冲身后的三营长说：组织你的部队冲锋吧。

三营长狠狠地拍了一掌杨槐的肩膀，冲身后的司号员说：吹冲锋号。

三营的士兵冲出了掩体，敌人阵地上又有几处火力点复活了，杨槐打了几枪，那几处的火力点便熄火了。

他伏在那里没动，仍然在等着王伏生的出现，结果伏生并没有出现。

三营从正面攻进宋庄后，敌人开始突围了，有一支一二百人的队伍，向西南方向逃去。杨槐看见了队伍中的王伏生，王伏生走在队尾，三营长想命令队伍追杀过去，杨槐把三营长拉住了。

三营长不解地说：一营长你这是干啥，在我的阵地上不能放跑一个敌人。

三营长就扯开嗓子喊：弟兄们，给我追。

说完他第一个跳出了掩体，带着一群士兵追了过去，杨槐见状只好跟上。

杨槐看见跑在最前面的几个士兵相继中弹倒下，三营长的肩头上已经挂花。

王伏生带着几个伏击手已经抢占了有利地形，几支枪口便拦住了追兵。

杨槐的枪口一直瞄着王伏生探出来的枪口，在这一过程中，王伏生不断地变换着伏击地点，也就是打一枪换一个地方。在王伏生一闪即逝的过程中，杨槐有机会向王伏生射击，他的手指已经勾在了扳机上，最后的一瞬间，他却没有完成射击动作。

三营长负伤后，便带着队伍撤了下来。

王伏生带着那几个伏击手便也撤下了阵地，匆匆地向前跑去。

王伏生这一系列动作一直在杨槐的视线之内，杨槐的枪口移了一下，射倒了王伏生身边一个伏击手。王伏生身子一滚便消失在了草丛中。

王伏生从昨天晚上和杨槐会面后，便把一部分队伍调到了庄南，在北面他只留下了一个连的兵力。庄南和庄北都是他们这个营的阵地。自从他发现了杨槐，便知道这仗无法打下去了。接守宋庄的时候，他曾给高团长发过电报，称自己可以完成三天四夜的阻击。阻击了敌人就为后方的转移赢得了时间，王伏生的请战一切都缘于香草和福娃，他们和师部以及一些家眷在一起，他们要转移到南京去，南京是他们的大本营，也是安全所在。

王伏生接下了宋庄阻击战这项任务就是为了让香草和孩子有足够的时间完成这次转移。在接守宋庄前，营长推托身体不适，扔下队伍提前撤到了辛集镇，那是师部所在地。身为副营长的王伏生带领全营进入了宋庄，而且发下誓言坚守三天四夜。

如果杨槐不出现，他坚守三天四夜的军令状完成起来并不困难。宋庄外围工事坚固异常，还有许多房屋都可以作为阻击时的掩体，虽然战前老百姓跑光了，但留下的粮食足够部队吃上七天的。

王伏生充满自信的另一个原因是，自己的枪法足以让眼前所有火力点变成哑火，没有火力支援，再加上固若金汤的工事，敌人想拿下宋庄那就是难上加难了。

不料，他的阵地前却发现了杨槐，从内战爆发到现在，他一直庆幸没有遇到杨槐，让他在战场上得心应手。国民党的部队虽然节节败退，但他们这个营却没吃多少亏，甚至在某些战役时还小有收获，伤亡也最小，仗打到现在还基本上是满编的。

峰回路转，最不想看到的事情还是发生了，在宋庄他遇到了最不想遇到的杨槐。连夜他把主力调到了庄南，结果三处失守，只剩下了庄南，在庄南杨槐又让他的枪炸了膛，他只能命令部队突围了。他的目标是辛集镇，那里有香草和福娃，一想到香草和孩子，他的心里就有一股热热的感觉，再苦再累，甚至流血阵亡也不在话下了。在辛集镇被包围前，他要和老婆孩子在一起，有他在老婆孩子才是安全的。他们在这危急关头，需要他。想到这，王伏生的心热了，血也热了，带着一百多人突围出来的队伍，急三火四地向辛集赶去。他赶到辛集时，一件没想到的事情还是发生了。

镇里镇外

王伏生带着一个连左右的兵力九死一生突围出来后，他心里只有一个念头，那就是奔赴辛集和香草孩子团圆在一起。让他没有想到的是，辛集镇的城门却没有为他和士兵们打开。他带着残兵败将站在城门口，一个时辰之后，团长高大奎带着十几个卫兵从城里走了出来。此时，一百多名士兵横七竖八地躺在地上，有负伤的士兵一边叫喊一边骂娘，王伏生看看这个，看看那个，然后不停地引颈张望着什么。他不明白，自己队伍到了城门下，为什么城门紧闭，城门楼上的士兵回答他们说：这是师长的命令，不开城门。

高大奎的出现给王伏生和这些士兵带来了一丝希望。

王伏生望着高大奎，不知为什么，他心里热热的，有一种见到亲人般的感觉，他热热地叫了一声：团长，王伏生回来了。

高大奎似乎也有些动情，他别过脸去，很快恢复了平静，然后道：伏生，师座命令你带领一营的余部镇守在镇外。

王伏生就睁大眼睛道：团长，你说什么？

高大奎就又重复了一遍刚才说的话。

王伏生就变音变调地说：团长，这是为什么，让我们一百多人驻守在城外，那是白白送死。

高大奎低下头道：伏生，你们是我的人，宋庄一战，咱们两个营就剩下了这些，我高大奎也心疼啊，这些家底是我攒了十几年才攒起来的。师座有令，说你们没有完成三天四夜的坚守，让你们留在镇外，等待援军的到来。

高大奎说完这话，望着手下的弟兄们，士兵们此时已经围拢起来，他们眼巴巴地望着自己的团长，以为见到了团长就看到了希望，他们没想到，会是这样一个结果，然后就杂七杂八地说：师长不要我们了，这是想让我们送死呢。

高大奎镇定了一下，大声地说：胡说，师长让你们驻扎在城外，是让你们接应援军，现在城里的驻军太多了，都快下饺子了，一发炮弹落下来，躲都没地方躲。

士兵们噤了口，王伏生本来还想说什么，这时已经不说了，他望一眼士兵们，又看一眼高大奎，压低声音说：团座，我王伏生服从命令。

高大奎用力地拍了拍他的肩膀。

王伏生又说：团座，香草和孩子还在镇里，他们的安全，拜托了。

高大奎望着王伏生眼睛湿润了，说道：伏生放心，我用生命担保。有我在，香草和孩子就在。

王伏生转过头冲那些士兵说：弟兄们，在我面前列队。

士兵们不情愿，但还是列队站在了一起。

王伏生又转头冲高大奎说：团座，我们的阵地在哪儿?

高大奎望了眼前方，摇摇头说：随便吧。

王伏生明白了，他们已经成了炮灰，师长不想要他们了。王伏生冲高大奎笑了一下，然后说：团座保重。

说完向高大奎敬了个礼，转回身冲士兵们说：开拔。

然后头也不回地向前走去，士兵们迟疑一下，还是很快地跟上了。

高大奎复杂地望着王伏生和这些士兵，他的眼睛一下子模糊了，他举起手，长时间地向这些士兵们敬了个礼。

王伏生带着一百多名士兵并没有走远，在辛集镇的东南角发现了一片树林，树林里有沟壑，看来这是眼下最好的一个阵地了，王伏生就把部队安置到了这里。

此时的解放军还没有围困辛集，但从大的战略布局上，辛集镇早已成为囊中之物了。

这里能远远地看见辛集镇城门的影子，只要能看见辛集镇，王伏生似乎觉得离香草和孩子已经很近了。王伏生坐在一个土墩上，倚着树远远地望着辛集，想象着城里的样子，他的心便一飘一抖的，此时他有些后悔把香草和孩子带在身边了，如果放在老家就不会这么提心吊胆了。可现在自己的老家已经成了解放军的天下了，解放军在阵地前发过传单，也喊过话，承诺对他们在解放区的家属宽大处理，不受任何牵连，让他们早日投诚。他想过自己的父母，那时他庆幸自己把香草和孩子带在身边。此一时彼一时，现在香草和孩子成了他心中最大的思念。

从宋庄撤出，经过一夜的奔袭，终于来到了辛集，他以为到了辛集就能看到香草和孩子，就是这个念想在支撑着他一路奔过来，可结果是他连辛集的城门都没能迈进一步。他心不甘情不愿。

傍晚的时候，他和弟兄们交代了几句，便一个人来到了辛集的城门下。辛集一共三个城门，他在城门下打听二营驻守的方向，于是来到了二营城门下，冲士兵说：把你们的张营长喊来。

二营的士兵认识王伏生，著名的神枪手在团里早就是无人不知无人不晓，不一会儿，二营长来到了城楼上，二营长就伏着身说：伏生老弟，我在这里。

王伏生就仰了头望着二营长说：老兄，我和弟兄们进不了城了，团座让我们驻守在城外，有一事相求，能不能把香草和孩子叫出来，让我和他们说几句话？

二营长沉默了一会儿道：伏生老弟你等着，放你进城我没这个权力，这事我帮你办。

说完二营长就跑下城楼。

王伏生在地上焦灼地等着，过了一会儿，又过了一会儿，他突然听见城楼上喊：伏生……

他抬起头看见了模糊中的香草，香草把孩子抱在怀里，福娃也在喊：爸，爸……

他望着香草娘儿俩，眼泪一下子就涌了出来，他不知道说什么好。

香草哽着声音说：伏生，我们娘儿俩知道你在城外，高团长跟我们说过，你一定要注意安全，我和福娃在城里等你。

福娃突然大哭起来，一边哭一边说：爸爸，我要爸爸，爸爸你进来。

伏生把脸上的泪水抹去，狠狠地甩在地上。他一边流泪一边说：草，你好好带着孩子，我就在城外保护你们，你在城里好好待着。

香草说：解放军就要攻城了，伏生，你要平平安安地等着我们娘儿俩。

伏生在黑暗中点着头。

二营长说：时间不早了，我送他们娘儿俩回去，一会儿让纠察队看到就麻烦了。

伏生说：香草，听二营长的，带着孩子回去吧。

二营长要带着香草娘儿俩下去，福娃扒着墙垛子不肯，一迭声地喊：爸，我要爸爸。

最后福娃还是被香草抱走了，孩子的哭声远去了，最后消失在了城里。

王伏生转过身，迈开大步向阵地走去，他心里有一股说不清的情绪在蔓延着。回到阵地后，士兵们躺在沟沟坎坎上已经睡了，他倚在一棵树上，望着远天的星星，心里愁肠百结。

远处，解放军的炮声已经隐约可闻了，一场大仗在即，王伏生裹紧了身子，谛听着远处的炮声，他此时的心一直牵挂着镇里的香草和福娃。

大兵压境

一夜之间，辛集镇就被解放大军严严实实地包围了，宋庄被攻下后，辛集便成了国民党部队最后一个堡垒，部队只进行了短暂的修整，便从三面聚集到辛集镇外，长枪短炮便对准了辛集。

王伏生的小股部队也在解放军的包围之中，辛集内的守军在这之前派出了若干小股队伍驻守在镇外，筑成了外围的防线。此时的解放大军在敌人的外围防线外，水桶般地把辛集包围了。

驻守在辛集镇的有一个半师的兵力，师长姓许，参加过徐州会战，大仗小仗经历过无数次了。面对着眼前的局势，许师长显得很镇定，他一面向南京方面求援，一面做好了在辛集打持久战的准备。为鼓舞全师官兵的斗志，从他自己到下属军官的家眷，他都带在身边。宋庄失利之后，辛集便一览无余地暴露在解放军的包围之中。

镇外的炮声隆隆地响，指挥部的掩体落着尘埃。

在这天早晨，许师长把团长高大奎叫到了师部，许师长望着走进来的高大奎。在这之前，高大奎曾找过许师长为王伏生求过情，让王伏生的残部进驻到镇里来，其实高大奎知道，宋庄失利后，辛集镇里外一样不安全，从心理上部队能够在一起，还会形成一股力量，况且，宋庄一战之后，高大奎这个团只剩下一个营的兵力驻扎在辛集了，这时候，对他来说，队伍上多一个人就会多一份力量，在心理上就会有些优势。

许师长没有采纳高大奎的意见，执意要把王伏生的残部放在镇外，他期待着外围队伍能抵挡一阵子，赢取援军到来的时间。

许师长在炮声隆隆的清晨把高大奎叫来，是有一项重要的任务交代给他，那就是带着全师的家眷突围，最好能把这些家眷安全顺利地带到南京。

许师长在辛集镇刚生了一女，这是他第四房姨太太生的孩子。在四个夫人中，他最喜欢的就是这个四姨太，四姨太是徐州人，在教会医院当过护士。四姨太知书达理，又在辛集给他生了一个女儿。眼见着保卫辛集的战斗即将打响，许师长想到了这些家眷。

高大奎手里还有一个营的兵力，用一个营的兵力掩护家眷们突围，似乎是眼下最好的办法了。

高大奎带着家眷们突围的时间是在黄昏时分，镇的东门开了，一路人马借着黄昏杀了出去。

不巧的是，高大奎带队突围遇到的正是杨槐的队伍。高大奎营仗打得很硬，一副鱼死网破的样子，这些士兵对于突围战，虽不擅长，却很感兴趣，他们知道这是逃生的最好办法，于是战斗打得就很积极。

辛集镇的炮兵们也在用炮火支援，似乎要杀出一条血路。

杨槐指挥着兵力奋力抵抗，同时在制高点上，压制着敌人的火力。一个营也就十几挺机枪，消灭这十几处火力，杨槐只用了一支烟的工夫，敌人的火力弱了下去，队伍就开始要冲锋了，一个冲锋下来，敌人的队伍就乱了方寸，女人哭孩子叫的。

杨槐带着队伍冲进敌人队伍中去时，就发现了这些家眷，这些女人和孩子们躲在一个土包下，女人们一律用自己的身体把孩子严严实实地遮挡住了，在缴枪不杀震耳欲聋的喊声中，女人发抖，孩子哭闹。

杨槐就是在这时看到香草的，香草抱着福娃躲在一棵树后，黑暗中静静地看着杨槐。福娃看到杨槐，惊恐地叫了一声：娘……

香草便用手把福娃的嘴堵上了，接着把福娃抓在自己的身后，站了起来，对杨槐说：杨槐，看着咱们以前的分儿上，你放过福娃吧。

杨槐把枪收了起来，看了一眼打扫战场的那些士兵说：解放军不杀俘虏，你们女人和孩子，我们更不会杀了。

香草就吃惊地问：真的？

杨槐说：伏生在哪里，让他投诚吧。

香草摇摇头道：我只知道他在城外，我只见过他一面。

两人正在说话，不远处突然传来一声爆炸，一个战士慌慌张张地跑了过来，报告杨槐道：营长，一个女人自杀了。

杨槐过去时，看到一个年轻女人紧紧抱着一个婴儿倒在了血泊中。有几个女人抱着怀里的孩子不忍再看的模样。

香草在身后说：这是师长的四姨太。

杨槐就大声地冲这些妇女和孩子说：解放军不杀俘虏，更不会杀你们这些女人和孩子，等辛集解放了，让你们和你们的丈夫团聚。说完便交代战士们护送这些家眷走下去。

香草也走在这些人群中，她走了几步，回头看了眼站在那里的杨槐，杨槐也在看她，他下意识地冲香草挥了挥手，香草和福娃便走进了黑暗。

在俘虏的队伍中，杨槐看到了低头走过的高大奎，他在队伍中穿着上校军装，显得格外显眼。

杨槐叫了一声高团长，便走了过去。

高大奎冷不丁听到有人叫他，哆嗦了一下，抬起头就看到了站在他面前的杨槐，他张着嘴一时不知如何是好的样子。在抗日战争时期，他无数次地动员过杨槐加入自己的队伍，那会儿他对自己的队伍充满了自信，拯救中国的雄心在他心里一直没有泯灭过，他甚至觉得他劝杨槐弃暗投明是在拯救处在水深火热中的杨槐。杨槐最终没能投奔国民党队伍，高大奎曾深深地感到惋惜过。

阴差阳错，在这种情境下两人意外地见面了，他冲杨槐拱了拱手道：杨槐兄弟，高大奎没想到落得这样的下场，惭愧呀。

杨槐说：高团长，我也没想到会在这里见到你。

高大奎低下头，低低地说：惭愧呀……

杨槐挥了一下手，高大奎便被几个战士押下去了。

辛集镇的守军成了孤军，又被解放军团团围住，在外无救兵、内无斗志的情况下，攻打辛集的战斗比想象的顺利。辛集陷落后，解放大军突进了镇里，许师长带着警卫营殊死抵抗，杨槐一枪结果了负隅顽抗的许师长，警卫营树倒猢狲散，很快便缴械投降了。

辛集镇被解决了，唯有镇外的一个阵地仍然在敌人手中。

团长岳福常把杨槐这个营调到镇外攻打这个阵地时，杨槐就知道这是王伏生的阵地。

此时阵地上很静，并没有轰轰烈烈的枪炮声。部队在攻打辛集时就曾遇到这个阵地的顽强抵抗，当时部队没有更好的办法拿下这个阵地，便把它包围了，部队越过这个阵地攻打辛集了。

杨槐来到这个阵地前，他凭着味道便断定这是王伏生的队伍，从宋庄到辛集，没想到最后的较量还是在两人之间展开了。

杨槐觉得没有必要和王伏生真刀真枪地较量了，他派人到家眷俘虏营里领来了香草和福娃，他见到香草和福娃时，冲香草说：伏生在那里呢，你们让他出来吧。

香草望一眼前面的阵地，又望一眼杨槐说：伏生能听我的吗？

杨槐点点头。

香草就说：我在这儿喊他，他能听见吗？

杨槐拉着香草站了起来，杨槐在前，香草在后，两人向前走去，四喜带着几个战士过来，欲走到杨槐的前面去，被杨槐挥手制止了。

杨槐领着香草又向前走了一程，然后站下来冲香草说：你喊伏生吧。

香草就把手在嘴前汇成喇叭状，喊道：伏生，我是香草，我和孩子在杨槐这里，你别再打了，出来吧。

香草一连喊了几遍，便见对面阵地上，有一支枪挑着一条白毛巾在挥舞着。

杨槐冲香草说：伏生一会儿就该出来了。

他冲香草说完，又冲对面阵地上喊：伏生，你出来吧，香草和孩子都在等你。

伏生突然在那面喊了一声道：杨槐，把你的枪举起来。

杨槐犹豫了一下不明白伏生的用意，但还是举起了枪，枪口冲着天空。

突然，阵地上响了一枪，杨槐的枪筒被击中了，又成了一支残枪。接着他看见了王伏生带着几十人的队伍，举着枪从阵地上走了下来。

杨槐惊愕地望着走近的王伏生，一直到他走到眼前，才一松手把那支残枪扔到王伏生的面前。

王伏生打量了那支残枪，抬起头冲杨槐说：咱们这是最后一次较量了，以后怕是再也没有机会了。

说完弯下腰打量着那支残枪，然后冲杨槐说：能送给我吗，算是一个纪念。

杨槐看着伏生没有说话，怔怔的样子。

伏生笑笑说：杨槐，你不亏，我给你带来八十支中正式、四挺机枪，还有一支八十五人的队伍，杨槐你赚了。

杨槐把目光投向伏生身后的队伍，冲四喜挥了一下手，四喜便带着一群战士上前把枪缴了。

王 伏 生

王伏生在杨槐的营部见到香草和福娃时，他咬着牙不让自己的眼泪掉下来，福娃冲过来抱住父亲的腿，一遍一遍地说：爹，你不要再走了，你一走娘就哭。

王伏生弯下腰把福娃抱在怀里，他看着福娃，也一遍遍地说：爹以后再也不走了，永远和你们在一起。

香草站在一旁，看着爷儿俩这样，也是泪水涟涟。

在杨槐的安排下，一家三口住在一个农家小院里，伏生和香草躺在床上，福娃躺在他们中间，已经睡着了。伏生和香草望着窗外透进来的月光，香草担心地欠起身子问：他们不会把你怎么样吧？

伏生想了想说：他们说不会杀害俘虏，好多弟兄都回家了，还领了路费。

香草又说：伏生，咱们下一步要去哪儿呢？

伏生说：回家！

香草吃了一惊，自从嫁给伏生，她已经过惯了分分离离的日子，也习惯了伏生这个军人的职业，她没想过伏生放下枪，回到家里去过种地为生的日子会是个什么样子。

香草就又问：你不当兵了？

伏生望着窗外清冷的月光，喃喃道：我们的队伍没了，高团长也被俘了，只剩下长江以南的队伍了。

伏生说这话时，有些伤感。香草听了也噤了声，沉默半晌才又道：你们那些部队，又有钱，怎么说没就没了呢？

香草说的话也是伏生所困惑的，兵强马壮的队伍，从开战到现在，在一天天地减少，他曾感激过这支队伍，从他入伍到现在，他感到知足，如果自己不当兵，如果参加了八路军，也许他就没有眼下的生活，他看着身边的香草和福娃，他们支撑了他的幸福。他先是为了他们抗日，后来又和解放军作战，他把自己军人的身份当成了职业，他谈不上喜欢，也谈不上厌倦，因为他这份职业可以养家糊口。况且也已经习惯了戎马倥偬的生活，在这之前，他没有想过离开队伍会是什么样子。当他让士兵用枪刺把一条白毛巾挑起来走出阵地时，他预感到自己这份职业就要结束了。他最后射出一发子弹，把杨槐的枪变成了一支残枪，那是为自己也是为杨槐留下一份纪念。

伏生想着自己的未来，心里说不上失落，也谈不上欣喜，只要有香草和孩子在自己的身边，他就感到踏实。伏生在思前想后的夜晚，慢慢地进入梦乡。

第二天一早，伏生在军人的警醒中睁开了眼睛，当他穿衣服时，又看到了那身国军的衣服，此时那身国军衣服已经没有了领章和胸花，一身军装没有了军人的点缀，就少了军人的魂。伏生犹豫着还是把衣服穿了起来，他站在地下冲香草和孩子说：天亮了，咱们该出发了。

当伏生领着香草和福娃站在院子里时，杨槐似乎站在院子里等待多时了。

杨槐似笑非笑地打量着伏生，伏生把头低下，小声地说：你们优待俘虏的政策我知道，现在我们就要回家了。

杨槐的眉毛动了动，上前一步站在伏生面前：回家？回家做什么？

伏生叹口气说：我要回家种地。

杨槐说：伏生，别忘了你是个军人，你是个神枪手。

伏生抬起头虚虚地望了眼杨槐说：我们失败了，没有部队了，当不成神枪手了。

伏生说完失落地把双手张开，拿惯了枪的双手，此时没有枪可拿了，他的双手似乎没有地方放了，他就那么无所适从地站在那里。

杨槐就冲香草说：香草你带着孩子待在这里，我找伏生有话说。

杨槐说完便拉着伏生走出了小院，他们站在村街上，此时，队伍正在出操，口号声和脚步声此起彼伏地充斥着村街，忙碌而又充满生机。士兵们用奇怪的眼神打量着王伏生，王伏生仍穿着国民党少校军官的服装，举手投足的不能不引来众人的目光。杨槐把王伏生领到一个院子里，有人就毕恭毕敬地冲杨槐和王伏生打着招呼道：长官。

杨槐摆摆手，说：以后要称首长同志，这里不兴称长官。

王伏生站在院子里看着这些熟悉的士兵，有种恍若隔世的感觉，昨天这些士兵还跟着他在阵地上和解放军殊死搏斗，此时，他们已经换了军装，他们既熟悉又陌生地站在自己面前。

杨槐就说：伏生，这都是你带过来的弟兄，现在已经编入我们营了。

士兵们领完枪支，列队站在院子里，被一个连长带出院子。他们从王伏生面前经过，有的冲伏生笑笑，有的还冲他打了个手势。王伏生一直望着这些士兵走远。

杨槐拍拍他的肩膀说：你的队伍已经集体加入了解放军，你这个副营长还想回家种地吗？

王伏生看着杨槐，没有说话，他想起了自己刚当兵那会儿，他不知道什么是国民党的队伍，也不知道什么是八路军，庄里正过队伍，他跟着队伍走出好远，高大奎那时还是名连长，在队伍里回过头来说：小兄弟，想当兵吗？

他点点头。

高大奎又说：当兵你不怕死吗？

他摇摇头。

高大奎笑了，从队伍中一个士兵的肩上拿过一杆枪扔到他怀里，他接住枪，扛在肩上，从那时开始他就是名军人了。因为他成了军人，有了军饷，有了杀鬼子奖励的银圆，最后他娶了香草，有了福娃，有了家。这一切，以前他做梦也不会想到。如果自己不出来当兵，这一切还会有吗？他没想过，也不敢想。

杨槐领着他走出院子，在村街上他又看到了一排排士兵，唱着歌，喊着口号，这一切他太熟悉了。

杨槐说：伏生，参加解放军吧，你是神枪手，不该回去种地。

半晌，伏生说：那香草和孩子呢？

杨槐说：你参加了解放军，他们就是军属了，咱们家乡早就解放了，有政府照顾着，你什么都不用管。

王伏生又说：我以前和解放军打过仗，也杀过你们弟兄，这一切都不追究了吗？

杨槐笑笑说：放下屠刀，立地成佛，只要你拿起人民的枪，站到我们的阵地里来，那咱们以后就是革命同志了。

王伏生就冲杨槐用力地点点头。

杨槐笑了，拉起王伏生说：走，见我们团长去。

从那天开始，王伏生脱下了国民党的军装，换上了解放军的军装，他被任命为杨槐这个营的副营长。从此以后，没有人称呼他长官了，都一律叫他王副营长。他称呼杨槐为营长同志。

香草和福娃被护送回了老家，老家正在开展轰轰烈烈的土地改革，以前地主家的地，都归人民所有了，身为军属的香草，再也不用担惊受怕了，他们也一同成了新中国的主人。

身为副营长的王伏生随着两万大军一直杀到了长江边，对岸就是南京政府了，解放南京的炮声正隐隐地传来。

北　上

正当杨槐和王伏生为渡江做准备时，团长岳福常突然找到他们传达了一项命令，他们这个团要北上，他们北上的任务就是剿匪。

当时有许多解放区，残留了大批国民党残余部队，他们没来得及撤走，就跑进了大山里，隐藏一段时间后，随着解放军的南下，解放区便成了真空地带。这些国民党的残兵败将，便又浮出水面，不断地骚扰解放军，杀人放火，抢粮掠物。一时间弄得鸡犬不宁，人心惶惶。

新中国成立了，已经到了该稳固后方的时候了，从两万大军中，抽调了一批精干力量，杀了回马枪，进驻解放区，肃清那里的残匪。

部队在北进的过程中，途经冀中，杨槐和王伏生顺便回了一次家。

两人当兵离开村庄后，这还是第一次一同归来。走到村口时，王伏生停了下来，杨槐回头望着停下脚步的王伏生。王伏生正在整理衣服，以前他回来穿的都是国民党军装，这次是解放军军装，他一时有些不适应。他从帽子一直整理到前襟，然后问杨槐道：你看我这样行吗？

杨槐笑一笑，对杨槐来说，他已经适应了王伏生穿着的这身军装了，在王伏生的心里，他似乎对自己还不怎么自信。杨槐就拉着王伏生一边走一边说：伏生，你穿这身衣服，比国民党军装舒服多了。

王伏生舔舔嘴唇，憨憨地笑一笑，随在杨槐的身后往庄里走。

庄里一派新气象，大街小巷张贴着花花绿绿的标语和口号，什么新社会好、解放全中国、支援前线等。忙碌的人们也是面带喜庆之色，一边嘴里哼着《解放区的天》，一边匆匆地走过。他们见到了杨槐和王伏生都热情地围过来，伏生参加解放军的消息村里早就听说了，此时伏生家的门楣上早已挂上了军属之家的牌子。人们纷纷问着部队上的事，杨槐就大声说：部队就要过长江了，江南就要解放了，老蒋已经没有地方藏了……

人们听了就都喜笑颜开，有个中年妇女过来，拉了拉杨槐的衣襟，又拍打几下伏生的衣服，啧着声说：还是解放军的衣服好看。以前两人穿着不同的军装回来，人们也曾议论过他们的服装，上前摸捏了，然后就啧着嘴说：槐呀，你们衣服可不如伏生的衣服，伏生的衣服是呢子的，你这是土布的。那时八路军和国民党的这两支队伍在老百姓的心中没有明显的差别，都是抗日的队伍，只要打鬼子，在人们的心目中都是一样的。但伏生的衣服就是好，兜里还有银圆，揣在衣袋内叮叮当当地响着。人们对伏生就一脸羡慕了。日本人投降后，两支中国队伍交战了，人们就分出了善恶好坏，再好的国民党衣服在人们眼里也不中看了，反倒是解放军的衣服，怎么看都受用得很。

王伏生走到自己家门前时，香草领着福娃已经站在家门口了。伏生停了脚步，怔怔地望着香草和孩子。香草就冲福娃说：爸爸回来了，快叫爸爸。

他们分别只有短短几个月的时间，福娃似乎对伏生已经陌生了，他躲在香草身后，偷眼打量着父亲。

伏生蹲下身子，看着福娃说：我是爸爸呀……

福娃仍陌生地看着伏生。

伏生抬起头就看到门楣上“军属之家”的牌子了，他怔怔地瞪着，嘴里喃喃地说：草，你们过得还好吗？

香草说：我们现在是军属了，政府什么事都照顾我们。

伏生吁了一口气，他的手又下意识地放到衣兜里去掏，这次什么也没掏出来。

杨槐走进家门时，母亲正站在院子里，她睁着眼睛，却再也看不见什么了。自从小凤和杨父被日本人抓进了炮楼，她就开始哭泣，她盼着两个人能平安地回来，结果两个人都没能回来，从那以后，她经常站在院子里向远方眺望，一边流泪一边眺望，后来眼睛就再也看不到了。但她每天仍然站在院子里，仍做出眺望的样子，这种等待成为她生活的一部分。风雨无阻地站在院子里等待，便成了杨母的一种信念。

杨槐望着院子里的母亲，便想起了父亲，他抖着声音叫了一声：娘……

杨母僵在那里，伸出了手，半晌没有叫出声来。

杨槐走过来捉住了母亲的手，他这才发现母亲已经看不到了。他就那么望着母亲，想着父亲，也想到了小凤，他哽着声音说：妈，孩子不孝，没能救出爹来，也没能救活小凤……母亲听了杨槐的话一下子大哭起来。

那天母亲摸索着为杨槐下了一碗面条，然后颤抖着端到杨槐面前，杨槐接过来，眼泪就滴在了碗里。

杨槐吃着面，母亲在一旁唠叨着：你爹是为了救小凤才死的，现在爹没了，媳妇也没了，家里就留下我一个人了。

母亲边说边用衣襟擦着眼泪。

他叫了一声：娘……

面条便无论如何也吃不下去了，杨槐放下碗，拉过母亲的手道：娘，等剿完匪，全国解放了，我就回来陪你过日子。

母亲推开他的手，止住哭声道：小凤再也回不来了，那是个多好的姑娘呀，都没来得及登咱家的门，就让小鬼子抓去了。你要记住，她是你的媳妇。槐呀，你也老大不小了，娘张罗不动了，你可得给咱家再找一个媳妇呀。

杨槐抓住母亲的手，他的眼泪落在母亲的手上，他哽着声音说：娘，等全国解放了，我一定给你领个媳妇回来。

相聚永远是短暂的，第二天一早杨槐和伏生就出发了。

母亲一夜也没睡，她一直坐在杨槐的身边，她大睁着眼睛，似乎看见了杨槐，她用双手丈量着杨槐的身子，然后说：槐呀，你胖了。杨槐看着母亲，就那么望了一夜。有父亲在时，他没有对母亲这么牵肠挂肚过，现在家里就剩下母亲一个人了，这种牵挂连着他的心。那时，他在心里发誓，等战争结束了，全国解放了，他就回到家里陪母亲好好过日子。

伏生离开家门时，福娃已经熟悉他了。此时福娃抱着他的腿一迭声地喊：爸，爸，我不让你走。

香草把福娃抱过来，眼里就含了泪，福娃在哭闹着，她说：伏生，等打完仗就回家来吧，过日子不能没有男人。

伏生狠狠地点了头，硬下心肠把头扭了，向前走去。福娃这时叫了一声：爸……便挣脱开香草的怀抱向伏生跑过去，伏生停下脚，把福娃抱在怀中说：福娃，等爸爸打完这一仗就再也不走了，天天陪着你。

福娃懵懂地点点头，香草说：让我们娘儿俩送你一程吧。

香草陪着伏生向村外走去，杨槐已经在村口等待伏生了。在村口香草见到了杨槐，伏生把孩子放下来，香草似乎想起了什么，从怀里掏出两双鞋垫，一双递给伏生，另一双递给杨槐，然后目光望着远处说：脚在你们身上长着，走多远都别忘了回家的路。你们放心走吧。

香草说完，弯腰抱起孩子，头也不回地向村里走去。

孩子在喊：爸，爸，我和娘在家等你。

杨槐冲伏生说：有家的人就是不一样。

伏生用袖子抹了一把眼睛，笑一笑道：槐，我羡慕你，一个人没有牵挂。

两个人说完迈开大步向前走去，伏生又回了一次头，看见香草和孩子立住脚正目送着他们。伏生没有意识到，这一望便成了他最后的回望。

土匪老六

杨槐和王伏生没有料到他们的队伍进驻到了大金沟，这里曾经是他们狩猎的地方。因为日本人占领了东北，他们才被迫离开大金沟，逃到了关内。大金沟的山山岭岭、沟沟岔岔，对两个人来说太熟悉了，他们闭上眼睛就能想到每一座山每一道岭，在大金沟生活的十几年时间里，他们的双脚几乎丈量了大金沟上的每一寸土地。他们重新回到大金沟，眼前熟悉的山林，甚至山林散发出的气味，都让两个人记忆犹新。

此时的大金沟已非彼时的大金沟了，现在已经被土匪和国民党残兵占领了。记得在大金沟狩猎的日子里，他们就曾听说过，这一带有个土匪叫韩老六，住在大金沟更深的山里。韩老六手里有几十号人，他们都拜了把子，喝了鸡血，跪拜在一棵老树下，虽生不同日，死要同时，然后把头磕在硬邦邦的土地上。韩老六手下的几十个兄弟，大都是亡命之徒，有的人身背命案，即便没有命案也曾做过偷鸡摸狗的营生，在山外的村庄混不下去，连媳妇都说不上了，一气之下，走进大金沟投奔了韩老六，然后过着野人般的生活。山里的土匪也时常出去，到山外的村子里放一把火，趁乱抱些嚼裹儿或稍值钱的东西，有时也干一些强奸民女的勾当。更多的时候去绑票，事前踩好了点，绑的都是一些日子过得殷实的人家的人，要么是东家，要么是东家的儿子闺女，绑完了限期索要多少粮票或金条银圆什么的，在指定的时间里进行交换。如若不从便撕票，把人质杀了吊在显眼的一棵树上，场面瘆人。

周围的百姓对韩老六恨之入骨，可他们又无计可施，只能一次次就范，或小心地防备着。有钱有势的人家，便在自己宅子周围修了炮楼，买来枪支，雇一些家丁看家护院，那些小户人家只能眼睁睁地看着大户人家把自己保护起来，而他们只能听天由命了。

日本人封山的时候，韩老六也没从山里走出来，他们手里有枪，那些枪好多都是从大户人家夺来的，枪都是钢枪，不是猎人手里的火铳，结实得很。日本人封山时，他们就狩猎，在大山里生活久了，狩猎是一种最好的生活方式，也因为狩猎，他们大多数人练就了好枪法。日本人也曾打过韩老六的主意，想把这伙枪法出众之徒劝说下山，成为他们的打手，然后对付山里打游击的抗联。一个伪军曾进山当了说客，结果耳朵被割了下来，伪军手捂着血淋淋的半边脸，哭爹喊娘地回来了。后来一个日本小队长带着翻译官又进山了，结果更糟，那个日本小队长被当成人质，翻译官又被割了耳朵，连滚带爬地从山里跑了出来。他们提出用三十条三八大盖来换。

日本人不高兴了，调集了两个大队来清山，他们抬着重机枪，还有六〇炮，胡乱地朝山里射击一阵子。韩老六一伙仗着对大金沟一带山山岭岭熟悉，打一枪换一个地方，一连在林子里转悠了半个多月，有一天清晨，日本人在山岗上看到了那个小队长的尸体。日本人以两吨多弹药的代价，只找到了小队长的尸体。最后他们朝这荒山野岭里又乱射了一气，只能打道回府了。

日本人投降后，又来了国民党。驻扎在大金沟外的国民党一个团，团长姓许，叫许德章，听说过韩老六这伙人消息，他也想把韩老六劝下山加入自己的队伍中。许德章不像日本人那样只动嘴不来实际的，他先是派了一个营长，杀了两头牛抬上，又装了几坛子苞米酒，营长带着两个班的人，抬着牛肉和酒吹吹打打地进山了。他们很容易地就找到了韩老六一伙人，韩老六听明白了来意，大声地笑了，他的笑声震得山洞嗡嗡地响，然后把肉和酒留下了，打发营长带着两个班的人打道回府了。

许德章听了汇报，背着手转了三圈，咧了咧嘴说：我要三顾茅庐。他命令人杀了几头猪，又杀了十几只鸡，这回他亲自带队，带着一个排的人浩浩荡荡地走进了大金沟。

在一个山岔口，一个小喽啰探出头来，把枪一横道：许团长又给我们送嚼裹儿来了。

许德章就拱拱手道：烦请兄弟通报一声你们掌柜的，就说我许德章亲自来拜会。

小喽啰就匆匆跑去，没多大工夫，韩老六坐在一顶简易轿子上，一颠一颠地就出来了。他的身后只跟了几个小喽啰。

许德章一进山就开始观察，其实他心里早就有盘算，如果软的不行就来硬的，他带着这个排的人，都带着双枪，身上背着的是长枪，腰里还别着短枪，就是为了万一。如果有机会动手，拿下韩老六也是上策。

许德章见轿子上的人便拱手道：对面可是韩掌柜的？

韩老六连眼皮也没抬一下，看着一群士兵抬着的猪肉和鸡说：东西放这儿吧，天不早了，你们请回吧。

许德章一挥手，几十个士兵过去把猪肉和鸡放下了。

韩老六想走，许德章叫了一声：韩掌柜，我许德章是亲自来拜会你的。

韩老六头也不回地说：你要来就一个人随我走。

许德章冲手下使了个眼色，那一个排的士兵早就等着团长的信号了，他们队形散开，哗啦一声推上了子弹。所有的枪口都冲向了韩老六和那几个喽啰。

韩老六的轿子停了一下，他打了声呼哨，周围的草丛里、树上、石头后，哗哗啦啦地亮出了几十支枪口，他们占据着有利地形，把许德章带的这一排士兵团团地围住了。

许德章睁大了眼睛。

坐在轿子上的韩老六哈哈大笑，勾下手指道：把他们的家伙给我下了。

十几个小喽啰便冲过来，把士兵手里的枪都下了，包括许德章腰里的短枪。

许德章就傻了。

韩老六又一摆手，轿子向前走去。韩老六头也不回地说：许团座，想拜会我你跟我走，不想来就请回吧。

许德章望着韩老六的背影，最后还是硬着头皮跟着韩老六的轿子向前走去，有两个卫兵想跟许德章进去，被几个小喽啰粗暴地拦住了。

韩老六栖居在一个山洞里，这个山洞叫老虎嘴。山洞里并不黑，松明火把燃着，韩老六下了轿子便坐到一个石头椅子上，这才正眼看了看许德章，然后说：给许团长看座。

一个小喽啰就抱来一个石礅子，很重地放在许德章的屁股后面，许德章看看周围实在没什么可坐的了，便坐下了。

韩老六睨着眼睛说：许团长，你这送肉送酒的，到底是啥意思？

许德章的威风已经不在了，他站起身，拱拱手道：韩大掌柜的，我许某想请你出山，别在这山里猫着了。

韩老六干笑两声道：给我个什么官呀？

许德章就说：营长怎么样？

韩老六探出身子：就营长？

许德章马上说：那就中校团副，咋样？

韩老六油嘴滑舌地说：就不能给我一个上校团长？

许德章就有些为难的样子。

韩老六笑了：许团长，别说给我一个团长，就是给我一个少将师长我也不干。我这叫啥，这是山大王，我就是大金沟的皇帝，放着皇帝不当，当什么破师长、团长。你们天天打仗，那是送死，弄不好连个尸首都捞不到。

许德章张口结舌的样子，他说：掌柜的，别那么说，你要下山投奔我们，那可就是国军了，吃香的喝辣的，吃的是皇粮，拿国家俸禄，怎么也比你们现在这样好。

韩老六摸着自己的秃头说：放屁，什么国军国家的，三十年河东，三十年河西，你们外面乱糟糟的事老子不掺和，老子就想在这大金沟里当皇帝。

许德章望着韩老六的光头，无奈地摇摇头，便又拱了拱手道：那就打扰了，许某告辞了。

韩老六也不客气，摆一下手道：送客！

这时就过来两个小喽啰，上前来又把他的眼睛蒙了，他被带进山洞时也是蒙上了双眼，然后趔趄着身子被带了出去。走到门口时，听见韩老六在身后说：谢谢许团长的肉和酒还有枪。

许德章这才意识到，这次大金沟之行，他亏大发了。

许德章庆幸韩老六没有伤害他，让他平安地走出大金沟。从那以后，他就断了劝说韩老六出山的念想，但韩老六无疑是他的眼中钉了，如果机会允许，他势必要拔掉韩老六。

接下来国共的战争便爆发了，东北战局瞬息万变。许德章一直没抽出时间再会韩老六，许德章没想到自己的部队败了，而且败得还这么惨。在一次战斗中，他们这个团几乎被解放军全歼，许德章只带了一百多人，冲了出来。那会儿，整个东北解放军占了大半个天下，他无路可去，上峰命令他留在大金沟打游击，等待东山再起。

在大金沟，他没有别的地方可去，他只能投奔韩老六。

兵与匪

走投无路的许德章又一次见到了韩老六，他见韩老六前并没敢把部队直接带进大金沟，而是带着两个卫兵，压低枪口，进了山。有了上一次的经历，他找韩老六并没有费太多的周折，先是几个小喽啰进去通报了，他又一次被蒙上了眼，然后被带到老虎嘴山洞。解开面罩见到韩老六时，许德章笑得很灿烂，拱了手，作了揖，皮笑肉不笑地说：大掌柜的，兄弟投奔你来了。

韩老六对山外的事情了如指掌，国民党战败，共产党得势，他一清二楚，但他没想到许德章会来投奔他。刚才有喽啰报告许德章要见他，他便觉得事情并不那么简单，既然许德章自己送上门来，他就要把架子端起来。韩老六知道，历朝历代，匪和官永远是不能尿到一个壶里去，因为乱才有匪和兵的空间，如果不是日本人，然后又是国共内战，他也不会在老虎嘴里待得这么安稳。外面的世界越乱，他在山里才会待得越踏实。他没想到国民党的队伍败得这么快，既然国民党败了，外面的世界变成了共产党的天下，共产党抽出空来一定要收拾他。

韩老六不甘心就这么被收拾，他过惯了山大王的生活，衣来伸手，饭来张口，在大金沟他就是土皇帝，这方世界他说了算，不愁吃，不愁喝，还有女人。喽啰们经常下山在外面掳一些有些姿色的姑娘媳妇，供他享用，他用完了，再交给手下人，手下人玩得差不多了，便把这些女人送下山。女人们一路哭天抢地，有的就在山口上吊死了，有的抹着屈辱的泪，回去忍气吞声过日子了。她们在心里恨透了韩老六，又拿这些匪没有办法，只能认了。山外的人恨韩老六已经牙根发痒了。

韩老六在国民党退败后，也想过招兵买马，只有壮大自己才不会被击败，只要自己不失败就能当土皇帝。

眼下许德章带着残兵败将来了，他们刚走到山岔口时，韩老六就已经摸清了底细，于是他心里有了数。

许德章坐在冰冷的石头椅子上，韩老六的身下铺着兽皮，一边啃着一只鸡腿，一边喝酒，然后剔着牙居高临下地把许德章打量了。

许德章又大声地说：大掌柜的，兄弟来投奔你了。

韩老六用手指弹掉一根肉丝道：这话怎么说呀，你堂堂上校团长，说什么投奔不投奔的。

许德章红了脸，低声下气地说：惭愧，仗打败了，整个东北都丢了，兄弟没去处了，不过你放心，等国民党打回来，我许某还会东山再起的。

韩老六嘬着牙花子道：这话我就不爱听了，你东山西山的和我没关系，找我怎么个话说？

许德章就又拱了手道：兄弟无路可走了，找你避一避身，等我们大部队再杀回来，兄弟一定保举你弄个少将旅长干一干。

韩老六笑了，喷着满嘴酒气道：什么驴长马长的老子不感兴趣，我知道你就剩下一百来人了，在山外面等着哪。你打算怎么样吧。

许德章赔着笑道：大金沟是掌柜的天下，只要你给我许某一口饭吃，我就心满意足了。

韩老六就站起身，绕着许德章转了三圈，弄得许德章心里一点底也没有，他扭着脖子跟着韩老六的身子转。

韩老六突然立住脚，背着身说：你许团长归顺我这是好事，我韩老六不是不讲情义的人，你送酒送肉孝敬过我，这情我记着呢，现在你落难了，要来投奔我，我不能把你拒之门外。

许德章就僵硬地笑着。

韩老六话锋一转，又道：收留你们可以，但我话可跟你讲明白，如果你要和我耍滑头，可别怪我不客气。

许德章就说：大掌柜的，怎么会呢。

韩老六又一笑：亲兄弟明算账，这话我得说明白，你的队伍只能在外围，不能进入老虎嘴，但我保证，有我韩老六兄弟吃干的，就不会让你弟兄喝稀的。

许德章就又拱了手，千恩万谢了。

许德章在这种情况下，把队伍带进了大金沟，在林子里筑了几个窝棚，总算把弟兄们安顿好了。

许德章带的毕竟是正规部队，做派自然和韩老六的匪有所不同。许德章一进山便在各山岔口放了哨兵，哨兵两个小时一换哨，戒备森严。外面的世界毕竟是共产党的天下了，说不定什么时候，共产党的队伍就会打进来，他一面等待国军打回来，一面抵防着解放军的进攻。部队撤走时，军长委任他为少将专员，也就是说，有朝一日国军再打回来他就是少将了。为了这份空头支票，许德章就多了份念想和期盼。

刚开始，韩老六并不信任他，经常派来明哨暗哨观察他的队伍，他们的一举一动都在韩老六的监视下。

许德章知道监视，也不放在心上，现在不是和韩老六火并的时候，他们也不是对立的敌人，他要借韩老六的势力暂时藏身，如果这时解放军进山清剿他，他还可以借助韩老六的力量进行反击。一切都要等国军大部队杀回来，到那时，他如何对付韩老六那就看他的心情了。

偶尔，韩老六会差人把他叫到老虎嘴山洞喝一回酒，说一些山外面的事，在这一过程中，他时时提醒自己要和韩老六保持好关系，但又不能让韩老六把自己看扁了。他毕竟是国军上校团长，将来有可能就是少将了。许德章尽量做到倒驴不倒架，不亢不卑的样子，鸡也吃了，酒也喝了，然后就木着舌头说：掌柜的，你今天收留了我，也算是对国军有恩了，等我东山再起，我许某一定不会忘记你。

刚开始韩老六对他的话不以为然，摇晃着脑袋说：就你那些残兵败将，还想东山再起，拉倒吧，安下心来跟我韩老六干吧，干我们土匪的，那就是有一天快活一天，过了今天不想明天。

有一次许德章把韩老六拉到自己的营地上转了一圈，许德章自然做了些准备，他事先让士兵们把衣服洗了，很干净地穿上，又把轻重武器架到了空地上，士兵们列队对韩老六进行了隆重的迎接。毕竟是正规部队，枪呀炮的，是土匪们不具备的。许德章还让通信员把一架已经没了电池的电台架了起来，许德章手指着电台说：掌柜的，这就是我和上级联络的电台，国军大部队说打回来就打回来，到时候天下又是我们的了。

韩老六毕竟是土匪，没见过几回这样的阵势，他有些被许德章唬住了。

从那以后，韩老六对他客气了许多，有事没事地来和他商量。现在大金沟这一亩三分地还是他们的天下，他们要坚守在这里。在许德章的指挥下，在大金沟的山梁上找了一些暗堡，也修了一些明堡，选择的位置都易守难攻。在坚守这些明碉暗堡时，既派了许德章的队伍，也掺杂了土匪，在剿匪到来前，他们做好了准备。

先礼后兵

解放军的队伍开到大金沟山外，韩老六在第一时间便得到了消息，在老虎嘴山洞，韩老六和许德章碰了一次头。

韩老六用脚踩在石椅子上道：他妈的终于来了。

许德章在东北战场上已经和解放军打过交道，几十万人的部队说打就让解放军打垮了，现在解放军又兵临山下，他知道自己的尾巴藏不住了，他倒背着双手，像驴子似的在老虎嘴山洞里转来转去。

韩老六就烦躁地挥挥手道：别他妈转悠了，你转悠得我头晕。

许德章就说：掌柜的，解放军可不好惹，他们说到就能做到。

韩老六狠狠地吐口痰道：放屁，他们解放军咋的了，日本人我没放在眼里，你们中央军老子也没放在眼里，我就不信，解放军还能把尿尿到天上去。

许德章望了眼韩老六，他知道眼前这个人是不知道天高地厚的家伙，有勇无谋。两条道摆在他面前了，一个是下山投降，另一个就是负隅顽抗，但解放军还没打进来前，让他投降还为时尚早，他心里还尚存着国军打回来的念头。留下那部电台，电池已经耗尽，他已经无法和南京方面取得联系了，关于国军的消息他已经完全失去了风向标。他现在只能躲在大金沟里又聋又哑地等待国军早日打回来。韩老六没和解放军打过仗，他打过，一个团差点儿全军覆没，突围出来后，七拼八凑了一百来人的队伍拉到了大金沟的山里，现在回想起来，他脊梁沟里还冒着冷汗。他见韩老六这么说，便干笑着说：掌柜的，小心没大错，凭着咱们现在的明碉暗堡，在这大金沟坚持个一年半载的我看没问题，再过一阵这个天还不知姓什么呢。

韩老六用手撸了撸光头道：姓许的，你要是怕，你就拉着你的人下山投降，我不拦你。

许德章拍一下子腿道：掌柜的，你小瞧我了，我怎么会呢？

韩老六笑了，伸手搭在许德章的肩膀上道：许团长，咱们现在是一根线上的蚂蚱，跑不了你也跑不了我，咱们只能和这大金沟共存亡，有我没他，有他没我。

说到这儿韩老六冲手下的喽啰道：传我的话，进山各要道口加双岗，有什么消息马上向我报告。另外，让所有的人手不离枪，枪不离手，我要看看解放军有多少个脑袋。

喽啰应声就下去了。

队伍扎在大金沟山外，杨槐和王伏生看着熟悉的一草一木，嗅着那股子熟悉又亲切的味道，激动得眼泪都在眼眶子里打转了。

杨槐站在那里，望着眼前熟悉的一草一木，少年时代的美好回忆，不可遏止地涌现到了他的面前，他的耳畔响着香草如清泉般透亮的喊声：杨槐哥，我在这里……少年时代的往事仿佛就发生在昨天，他摇了一下头，让自己的思绪回到现实之中，望了眼王伏生道：伏生，还记得有一次咱们到山外赶集，我给香草买了两尺长的红头绳，你给香草买了一对银镯子，回来还让你爹骂了好几天哩。

伏生憨憨地笑笑道：咋不记得，发生在大金沟的事，我每件都记得。

两人望着这山山岭岭，仿佛又回到了十几年前，三户猎人相依相傍在这山里，白雪覆盖了树林，远山近树都是一片洁白，三户人家的炊烟笔直地升到了天空。那是一个童话世界，在那个世界里有着许多童谣式的梦想。后来鬼子来了，所有的梦想都破灭了。此时，两人站在大金沟的山脚下回想起少年往事，百感交集。

伏生忘情地望着这山山岭岭，舔舔嘴唇说：槐，终于回来了，要是不打仗了，我还想回到大金沟里打猎。

杨槐笑一笑：不打仗了，那我就陪你回来，咱们一起打猎。

两人心满意足地笑了。

杨槐说：把山里的土匪剿干净，大金沟又是以前的大金沟了。

王伏生把肩上的枪抓在手上道：杨槐，有多少土匪咱们都能剿干净。

团长岳福常召开了一次连以上干部会，分析剿匪的情况。

杨槐把腰上的盒子枪解下来，拍在桌子上说：团长，你就发话吧，我和伏生对大金沟每个草刺都熟悉，这仗怎么打，我们营都得打头阵。

岳福常从怀里掏出一份电报道：纵队剿匪总部来电，大金沟里不仅有土匪，还有国民党部队的残兵旧部，他们现在已经联手了，大金沟的环境很复杂，易守难攻，要想以最小的代价攻陷大金沟，并不是件简单的事。

杨槐就说：团长你下命令吧，咱们大风大浪都过来了，这小河沟翻不了船。

岳团长就说：上级命令我们要先礼后兵，如果能把土匪劝降，我们兵不血刃，不费一枪一弹这是最好的结果。

关于劝降的问题有人就提出了异议，不论怎么劝都得有人先入虎穴，土匪毕竟是土匪，要是不讲道理，扣押了我方人员当人质，那就得不偿失了。很多人就这种危险性进行了争论。

杨槐这时站起来道：团长，你们别争了，这次进山我去。

杨槐话一出口，所有人的目光都投向了他，杨槐就掰着手指头列数了自己去的条件，杨槐的条件的确比任何人更有说服力。

岳团长就把目光定在杨槐的脸上，杨槐就说：团长，你放心，大风大浪我们都闯过来了，不会在这小河沟里翻船。

这时王伏生站了起来，看看团长，又看看杨槐，道：我陪营长去。

杨槐冲伏生道：伏生你就算了，我走了，营里不能没人，你还要带队伍呢。

岳营长也说：你们俩不能一起去，让杨槐一个人去就够了。

王伏生低着头，斜着眼睛看了眼杨槐。

这事就这么定下来了，岳团长宣布散会后，单独把杨槐留了下来，又讲了些政策上的事情，然后又叮咛了一番，杨槐就出发了。

杨槐出发时，是在傍晚时分，他没有带枪，枪对于他执行这次任务没有任何意义，反而有可能增加他的危险，他没和土匪韩老六打过交道，但知道作为土匪的心狠手辣。他明白此次之行，有种深入虎穴的感觉。

他走进山口时，王伏生突然从树丛里钻了出来，叫了他一声：槐呀……在私下里王伏生从来不称呼杨槐营长，只叫他槐。

杨槐立住脚，吃惊地望着伏生，伏生也空着手舔舔嘴唇冲杨槐说：我要陪你去。

杨槐说：伏生，不是跟你说过了吗，营里不能没有人，你去了营里怎么办？

王伏生不紧不慢地说：我让三连长临时负责全营的指挥，还有辅导员在，你就放心吧。

杨槐就大声地说：不行，岳团长就让我一个人去，你不能再去了。

杨槐说完便向前走去，他的话果决干脆，一点拖泥带水的意思也没有。王伏生也不说什么，在后面跟着杨槐向前走去。杨槐听到了跟上来的脚步声，立住脚，王伏生也立住脚，两人就那么对望着。

杨槐说：伏生，你别添乱了，这帮土匪你还不清楚，他们什么事都做得出来。

伏生憨憨地说：那我更应该跟你在一起。

杨槐突然有些恼了，大声地说：伏生，你回去。

伏生不说话，就那么看着杨槐，杨槐一转身，他就在后面跟上。

杨槐再一次回过头，伏生就说：槐呀，我不能让你一个人去，要去就咱俩去，遇到事我怎么说也是你一个帮手，别急了，大金沟这一草一木，我和你一样熟。

杨槐望着伏生，他明白伏生的用意，伏生担心他的安全。此时，他望着伏生就有了感动。他突然想到了香草，声音柔了下来，道：伏生，你和我不一样，战争就快结束了，香草和福娃还在家等你呢。

伏生盯着杨槐说道：槐呀，我该有的什么都有了，我更不怕了，你现在还什么都没有呢，其实这次任务，就该我去，既然团长让你去了，那我只能陪着你，就算遇到什么事，我也是你一个帮手。

杨槐望着伏生，眼泪都快流了下来，伏生把话都说到这个份儿上了，他便不再多说什么了。杨槐又望了眼伏生，扭过头便向前走去，伏生又一次跟上，这次杨槐没再回头。

转过一个弯，上了一个土坡，这是通往山里的一条羊肠小道，刚站上土坡，突然一发子弹射到了杨槐和伏生的脚下，两个人停了下来。

这时，从林子后钻出几个小喽啰，他们举着枪惊惊乍乍地说：干什么的，举起手来。

杨槐就说：我们是解放军代表，找你们大掌柜的谈判。

几个小匪举着枪，不进也不退，打了一声呼哨，不一会儿，就又有几个土匪跑了过来，一个“独眼龙”看来是个小头目，结结巴巴地说：干啥，干啥的？

杨槐这时已经镇静下来，望着眼前的土匪道：找你们大掌柜的谈判，你们已经被包围了，来你们这里，是给你们找一条生路。

“独眼龙”举着枪围着杨槐和伏生转了三圈，抬手就冲天上放了一枪，然后一挥手道：给，给我带走。

几个小匪上来，把两人的头蒙上了，又把两人的手反绑在了身后，拥拥搡搡地向山里走去。

天黑的时候，两人来到了老虎嘴的山洞前，韩老六和许德章已经得知解放军代表进山的消息，让人在洞口点了火把，又让人架了几挺机枪以壮声势。

洞口前，两个人头上蒙着的东西被解了下来，老虎嘴山洞两人并不陌生，以前他们在这里躲过风，也避过雨。他们曾无数次地来过这里。

两人被推搡着进了山洞。

韩老六和许德章坐在石椅上，两支枪放在石桌上。

韩老六打量着杨槐和伏生，摸摸秃头说：解放军，胆子不小哇，敢到我的老虎嘴里来。

杨槐向前迈了一步，说：韩老六，你胆子也太小了，到现在还把我们绑上，跟你说，我们进山没带一枪一弹，我们是来跟你们谈判的。

韩老六就挥下手道：松绑。

两个小匪上来，把两人的绑松了。

杨槐打量完韩老六就把目光定在许德章的身上，许德章冷眼望着杨槐和伏生，一句话也没说。

杨槐就说：对面是许德章团长吧，昔日的手下败将，现在也躲到老虎嘴山洞来了。

许德章没有说话，他站起来，把身子背过去。

韩老六就把手拍在枪上道：别扯废话，说吧，到底干什么来了？

杨槐看了看周围，拉着王伏生坐在了另一张石椅上，然后淡淡地说：谈判。

韩老六：谈判，怎么谈？

杨槐不卑不亢地说：大金沟外都是我们的队伍，解放军现在已经打过长江去了，南京已经是我们的天下了，我们的任务是剿匪和消灭国民党队伍的残渣余孽，谈判只有一个条件，那就是让你们下山，接受政府的改造，这是你们唯一的出路。

韩老六哈哈大笑了一阵，他一边摸着头，一边笑道：看把你们嘚瑟的，我韩老六什么阵势没见过，日本鬼子在时老子没尿过他们，国民党的中央军老子也没给他们好脸子，现在轮到你们解放军了，这大金沟的山姓韩，我脚下踩的地也姓韩，我就不信了，你们解放军来了，这大金沟就改了姓了？

王伏生站了起来，手指着韩老六说：姓韩的，你别嚣张，不用三天，解放军就会打进来。

韩老六抬起枪，一甩手就把一个火把打灭了，洞子里就暗了一些。韩老六吹吹枪口道：别说山外就你们一个团，再加上两个团也别想撼动大金沟，不信，咱们就走着瞧，来人哪……

几个挎枪的小匪便从暗影里冲出来，韩老六一挥手道：把这两个人给我押下去，看起来。

几个小匪七手八脚地就把两人绑了，又一次蒙上头，推推搡搡地往外走。

杨槐挣扎着说：姓韩的，如果你不投降，接受政府的改造，你后悔就晚了。

两个人被押了下去。

直到这时，许德章才转过身来，冲韩老六说：掌柜的，你该和解放军谈谈。

韩老六瞪起眼睛道：谈什么，有什么好谈的，我杀过人，放过火，抢过无数东西，外面是共产党的天下了，他能饶了我？我说过，大金沟就是我的墓地，我要和大金沟共存亡，山外的解放军有他们没我，有我没他们。

韩老六说到这又望了眼许德章，把双枪往腰上一插道：姓许的，你要投降出山我不拦你，但是你要动啥歪心眼，可别怪我姓韩的不客气。

许德章就笑笑说：大掌柜的，看你说的，我要想投降早就投降了，还能等到今天。

韩老六就哈哈一笑道：那你就跟我精诚团结，守住这大金沟，凭你我现在的实力，他们山外的解放军不能拿我们怎么样。

许德章就说：掌柜的，我想和那两个解放军代表谈谈，也算是摸摸他们的底。

韩老六摸着下巴道：只要你不出卖我，你想谈就去谈。反正他们的人在我手里，也算是我的筹码。

许德章拱拱手就下去了。

许德章来到了关押杨槐和王伏生的窝棚里，两个人仍被绑了手，一盏马灯挂在柱子上。看押他们的是许德章的人，许德章站在窝棚里打量了一下他们，杨槐翻着眼睛看了眼许德章道：你们真是土匪，太不讲规矩了，两军交战，不斩来使，你们这成什么了，我们可是来和你们谈判的。

许德章就冲外面喊：来人哪……

两个士兵走了进来，许德章说：快给二位松绑。

士兵犹豫了一下道：大掌柜的说不能松开两个人。

许德章皱皱眉头道：让你松绑你就松。

两人的绑便被松开了。

许德章蹲下身子，冲他们说：我可不是土匪，我是国军三一八师三团团长许德章。

杨槐看了眼许德章：你想把我们放了？

许德章并没有顺着杨槐的话往下说，反而有些迫不及待地问：刚才在山洞里你说南京失守了？

杨槐哈哈一笑道：你还是团长呢，这事你都没听说，不仅南京失守，长江以南你们也坚持不了几天了，我们百万大军已经杀过了长江，要不是奉命追剿你们这些残渣余孽，我们的队伍也早打过长江了。

许德章站了起来，他背着手，踱了两步，此时，他心乱如麻。自从拉着部队来到大金沟，他便与外面的世界隔绝了，电台因没有了电源瘫痪在那里，外面世界的变化，他只能凭借着想象了。

以前，支撑许德章的信念就是国军何时再打回来，就是打不回来，和共产党分江而治，对他们来说都是有机会的。要是南京真的失守了，那国军的退路又将何在？没有了屏障，可真是兵败如山倒了。他和韩老六不一样，他不可能带着队伍过着土匪一样的生活，他是在被逼无奈的情况下走进大金沟的，委身于韩老六的阴影下。

最近一段时间，他发现有些兵已经不像以前那么听从他的命令了，因为他的队伍已经被韩老六的土匪渗透了。他的兵不论走到哪里，都有土匪在监视，他从一上山就知道，韩老六并不相信他，一直提防他，韩老六怕地位被颠覆，就把他队伍的编制番号都打乱了，每个班都安插进来几个土匪，说是为了便于战斗，其实就是不放心他。许德章已经觉察出了这种危机感，可是他一时又没想好怎么摆脱这种不利局面。

当得知大金沟山外来了解放军时，他首先想到的是这是自己一次出头机会，可是如何出头，他并没有想好。

如果解放军虚张声势，在山外摆摆样子，他们不会有什么大事，但是，要是解放军较起真来，就是不攻山，在外面把山封了，他们在山里也坚守不了多久。在东北战场上，他和解放军打过交道，他都没明白过来，就稀里糊涂地败了，如果不是当时突围及时，也许他手下这一百多人也已成为俘虏。

许德章在审时度势，在这紧要关头，他不得不为自己的命运着想了。

他从窝棚里走出来，他预感到大金沟将有一次大的变故。

攻打大金沟

岳团长从杨槐走的那一刻开始，便开始坐立不安了。不久，他又接到哨兵的报告说：王伏生也随杨槐去了大金沟。他拍了大腿，杨槐和王伏生是他的左膀右臂，尤其是攻打大金沟这样的战斗，他离不开两个人的枪法。最初杨槐主动请缨要去大金沟谈判，他就有些犹豫，这些土匪毕竟不是正规部队，谈判不成有可能成为土匪手里的人质。王伏生又追了过去，他的心就更加没底了，最后他又想，要是真的有危险，两人也许有个照应，他这么劝慰着自己。

杨槐和王伏生一走，他就在大金沟山外派了流动哨和岗哨，随时观察着山里的动静。

团部里，他点着马灯，一遍遍地查看着大金沟的地图，有几个参谋一直陪着他，他打发他们休息去了。他让警卫员不断地打听杨槐和王伏生的消息，警卫员便走马灯似的前来报告：团长，还没有杨营长的消息。

马灯亮了一夜，太阳初升时，他把马灯熄灭，警卫员又一次进来报告：团长，还没有杨营长的消息。

他冲警卫员说：通知连以上干部火速到团部来开会。

在会上，岳团长把袖子都挽了起来，他说：看来山里的土匪把杨槐和王伏生两位营长当成了人质，咱们不能再等了，按着计划攻山。

政委就劝道：岳团长，再等等，说不定一会儿杨槐他们就回来了。

岳团长就走出会议室，站在大金沟山外，远山远树上的蝉鸣成一片，热闹而又空寂。当太阳升上头顶时，他转回身，冲警卫员喊：集合队伍。

在急促的集合号声中，全团人马站到了他的面前。

岳团长做了短暂的动员，他动员的中心思想是，山里的土匪把杨槐和王伏生当成了人质，他们的目的是消灭山里的土匪，救出杨槐和王伏生。

在这之前，他们已经做好了攻打大金沟的方案，主力部队从山口正面佯攻，另有一个尖刀连，顺着背面山坡突袭进到大金沟，然后里外合应，一举剿灭大金沟里的残匪。

太阳西斜时分，战斗就打响了。正面的队伍在刚开始攻打时异常顺利，一个攻击波之后，树上放哨的几个土匪和许德章的队伍便作鸟兽散了。当队伍进入大金沟脖子地带时，这个地方被称为葫芦颈，便遭到了暗堡的伏击，韩老六在这里经营了几年的防守阵地，这回派上了用场。岩石后，山洞里，树洞里，四面八方都有敌人的火力点，从正面进入大金沟，华山自古一条路，埋伏的土匪在高处，进攻的队伍在明处，又处于低洼之势，这便成了土匪们的靶子。

敌人的火力并不猛烈，但都是弹无虚发，一枪一枪地命中率很高。有了许德章队伍的加盟，还有了一些重火力，轻重机枪，甚至还有小炮也参加了战斗，解放军进攻很不顺利。

第一个冲锋，解放军便吃了亏，死伤几十人，队伍只能退回来。

岳团长急了，他叫嚷着：用炮给我轰。

炮就打响了，打了一气，很猛烈的样子。收效甚微，敌人的火力并不集中，很分散，炮弹并不能对他们进行有效的射杀，土匪有的就藏在工事里，等炸停了再露头。

炮击之后，部队又发动了一次冲锋，打哑了几处土匪的火力点，可土匪在打着游击，这里放几枪，那里又放几枪，又有十几个战士牺牲在冲锋的途中。

傍晚的时候，负责偷袭的张连长，胳膊上缠着绷带，灰头土脸地回来了，他一见团长便哭咧咧地说：团长，这大金沟进不去，土匪到处都有伏击，他们只打冷枪，咱们人都看不到，死伤了十几个弟兄。

岳团长的眼睛就红了。

初战失利，让剿匪的队伍又气又恼，天色渐晚，岳团长只能让队伍撤出来。清点人数时，这一仗牺牲了三十多人，伤二十余人。

岳团长望着队伍，红着眼睛说：老子要成立个敢死连，我就不信，大金沟拿不下来。

生死一人

攻打大金沟的枪炮声，杨槐和王伏生都听到了，他们知道这是岳团长为了救他们两人采取的攻势。后来枪炮声弱了下来，傍晚时分彻底安静了下来。

两个小匪又把他们两人带到了老虎嘴山洞，韩老六正在啃一只鸡腿，嘴巴油光锃亮，他咕咚又喝一口碗里的酒。许德章坐在韩老六一旁，他没吃没喝，人就显得很冷静。

韩老六看到杨槐和王伏生就笑了，举着鸡腿说：两位兄弟，吃点不？

杨槐瞪着韩老六，王伏生把头扭向了一边。

韩老六咕噜一声咽了一口东西，然后说：刚才枪炮声听到了吧，那是你们的队伍在攻打大金沟，他们败了，回去了。

杨槐抬起头说：韩老六你别得意太早，我们已经把大金沟包围了，攻下大金沟是迟早的事，大半个中国都解放了，就你们这些土匪还能撑多久，你也不想想。我们解放军还是那句话，你现在想开了，放下枪，举着手走出大金沟还不晚，要是晚了，只能是死路一条。

韩老六哈哈大笑了起来，举着鸡腿，舞弄着双手说：两个营长，你们吓唬小孩呢，咱们又不是没交过手，你们的枪呀、炮呀都用上了，咋样？还不是让我们给你们打回去了？就是有一天你们部队攻进来了，你们俩可在我的手上，我还可以讨价还价呢。

杨槐就向地上吐了一口唾沫，韩老六笑一笑，并不介意的样子。

韩老六站起来，把自己的双手在衣服上蹭了蹭，背着手踱着步道：我想放掉你们一个人，回去告诉你们长官，三天内，退后二十里，否则，我就杀了留下的那个人。

韩老六说完，突然板起面孔，露出凶气，半晌后道：你们俩做决定，谁留下来。

杨槐望王伏生时，王伏生也在望他。

杨槐掉过头说：我留下来。

王伏生用肩碰了一下杨槐道：槐，你走。

两人争执着，互不相让。

韩老六不耐烦地挥挥手道：没想到你们解放军队伍里还挺义气的，谁走谁不走的，你们回去争，明天一早，就留一个走一个。

韩老六挥了一下手，两个小匪上来，把两人推搡走了。

两人回到窝棚里，都沉默了。

杨槐说：伏生，你回去。

王伏生说：不，还是你走。

两人相互争执着。

外面，两个土匪还有两个国民党兵不停地绕着窝棚走动着，他们不时地拉一下枪栓，有时也开一两句玩笑，借火点烟什么的。

他们从昨晚开始，就想到了逃跑，但外面看押他们的人很警惕，还不时地有小头目前来查哨。昨晚就因为有一个土匪倚在树上打了一个盹，被查哨的韩老六发现了，吊在树上鞭打了一回。小匪爹一声娘一声地叫着。从那开始，不论是小匪，还是国民党兵，都抖擞精神，加强了戒备。在这种情况下跑出去，可能性微乎其微。就是他们逃出了窝棚，也跑不出大金沟，看来只能等待了。没想到韩老六想放走他们中的一个人，韩老六想传话出去。对他们两个人来说，摆在面前的都是一次生的机会。

两人无休止地争论着，自然没有什么结果。杨槐最后就放低声音说：伏生，还是你走吧，香草和福娃还等着革命胜利跟你过日子，我单身一个人无牵无挂的，怎么都好说。

伏生听了杨槐的话也动了感情，他哽着声音说：槐呀，我女人也有了，孩子也有了，这辈子值了，可你还什么都没有呢，槐呀，还是你走吧。

杨槐就在黑暗中定定地把王伏生看了，半晌才道：香草不能没有你，伏生，你明天早晨一定走，听我的。

伏生摇摇头道：槐呀，我说过，我该有的都有了，就是死也能闭眼了，要走还是你走。

两人争来争去的，也没争出个结果，后来伏生说：槐呀，要不咱们谁都不走，咱们是兄弟，生在一起，死在一起。

杨槐摇了摇头，压低声音说：咱们俩一定要出去一个人，大金沟的情况，咱们最清楚，只有咱们出去一个人，队伍才有可能攻进来。伏生，这次任务按理说是我一个人的，后来你来了，现在要走你必须走。

王伏生流泪了，说：槐呀，咱们从小到大一直在一起，就是国共不合作了，咱们面对面打仗，我也没伤害过你。槐呀，你就让我替你做点什么吧，否则，我不甘心呢。

杨槐说：伏生，该做的你都做了，你能带着队伍投诚这就是对革命最大的支持，现在你也是解放军中的一员了，你要继续革命下去，然后和香草、福娃好好过日子。

又一次提到香草时，两个人都不说话了，他们躺在草堆上，望着窝棚顶，有缝隙漏进来一抹星空，远天有几个星星从缝隙里挤进来。

杨槐沉寂半晌突然说：伏生，我命令你离开，把消息给岳团长带回去。

伏生还想说什么，杨槐又一次强硬地说：别争了，这是命令。

命令就是命令，命令让伏生住了口。

天亮了，大金沟又是一派鸟语花香的样子了，如果这里没有土匪，又是一方世外桃源了。窝棚外，就有了动静，三三两两的脚步声，由远及近地传了过来。

韩老六带着“独眼龙”和几个小匪站在窝棚外，冲窝棚里喊了一声：你们两个谁走哇，要走的就快出来，老子可没时间和你们磨蹭。

杨槐和王伏生从窝棚里弯着腰走了出来。杨槐摆了一下头说：把他送回去。

王伏生突然大声地说：不，槐，你走。

杨槐咬着牙说：王副营长，这是命令。

王伏生犹豫时，他一脚踢在了伏生的小腿处，伏生一下子从山坡上滚了下去。

杨槐头也不回地钻进了窝棚。

王伏生便被“独眼龙”押着往山下走去，伏生回了一次头，他没看见杨槐，只看见了窝棚，他用尽全身力气大喊：槐，我会来救你的！他喊完，小匪便用衣服把他的眼睛蒙住了，他趔趄着脚步，向山外走去。

拼死一救

王伏生的归来，让失去冷静的岳团长清醒了过来，韩老六提出的退兵条件，岳团长不可能接受，但前提是三日内要拿下大金沟。

第一次进攻大金沟受阻，让岳团长恼火万分，从八路军到解放军，他带着部队打过那么多次的仗，可是从来没打过这么窝囊的仗。钻到大金沟的山林里，见不到敌人，只见敌人打冷枪，有劲没处使，白白牺牲了几十名战友，这对岳团长来说，简直就是奇耻大辱。

王伏生回来前，岳团长又一次集合了部队，三个营，分三个不同方向要对大金沟同时攻打，他不能眼睁睁地看着杨槐和王伏生活不见人死不见尸。在攻打大金沟前，他早就了解过情况，韩老六的本地土匪有百十号人，加上许德章一百多人的残兵败将，也就是二百多人。驻扎在大金沟外的是解放军一个满编团，共计有一千多人。这是一支能征善战的队伍，从中原到东北，然后又到中原，最后一直到了长江边上。如果不是接到上级剿匪的调令，他们的部队将和百万雄师一起，早就打过江南了。大部队捷报频传，势如破竹，每天以上百公里的速度，追逐着溃败的敌人，他们这个团却被小小的大金沟拦住了去路，岳团长心有不甘，于是摆出了强攻的架势，他要用自己的强攻，荡平大金沟。

部队即将出发时，王伏生回来了，他看着眼前即将出发的部队怔住了，他叫了一声：团长，这仗千万不能这么打。

岳团长摆了一下手，队伍就停住了，他连拉带拽地把王伏生领到了团部。王伏生介绍完山里的情况之后，岳团长像一头困兽在屋子里走来走去。

王伏生喝下一缸子水之后，抹着嘴说：团长，这仗咱们不能这么打，这些土匪在暗处，咱们在明处，这些土匪大都是猎户出身，枪法百发百中，他们以一当十，日本人对他们没办法，当年的国军也没敢拿他们怎么样，就是这个原因。

岳团长一脚踩着凳子，瞪着眼睛说：那按照你的意思，这大金沟就不打了，杨槐就不救了？

王伏生就把自己对大金沟的了解说了：这大金沟是葫芦状，口小肚子大，外面进山有三条岔路口，如果土匪把这三条岔路口守住，想进大金沟就比登天还难了。老虎嘴山洞就是这三个岔口的交接处，可以首尾相顾，因为是天然山洞，就是用炮轰也解决不了洞内的残匪，就是部队攻进山里了，残匪守住洞口，外面的部队也奈何不了。

但王伏生知道山后有一条隐蔽的路，当年打猎时，他和杨槐走过一次山后的那条小路。那里其实不是什么路，只是一些采药人走过，许多名贵珍奇的药物长在那里的石缝中，采药人是用绳子把自己吊在了半山腰中，才有可能接近山后的悬崖。韩老六自然知道这山崖的险峻，据这两天的观察，韩老六没有在山崖一侧派兵防守，那里是个空虚之地。最后王伏生就说：咱们要突破大金沟，这里是最好的途径。

王伏生的建议让岳团长眼前一亮，在这之前，他也想过利用山崖做些文章，他领着几个人去侦察过，觉得登上这座山崖的可能性很小。岳团长听到之后，便问：你有把握？

王伏生说：在全团给我挑上二十几名从山区出来的战士，连夜从后面的山崖上爬上去。

挑选这样的战士很容易，王伏生又让人准备了几条绳索，他们的长枪，一律换成了短枪，每人的胸前都插了两把二十响盒子炮。

王伏生带着这二十来人连夜爬山了，他与岳团长已经约好了，天亮时分，只要听到山里枪响，就是全面攻打大金沟的时间。王伏生出发不久，岳团长带着三个营，分三个方向潜进了大金沟的腹地，就等着王伏生的枪声了。

王伏生凭借着对地形的熟悉，带领着二十几个人，很快就爬上了山崖，山顶的位置是居高临下的，离山窝中的老虎嘴山洞也就二三百米的距离。

天微微亮了，影影绰绰之中，王伏生能看到几个小匪挎着枪游荡的影子。老虎嘴山洞口已经有人进进出出了。

王伏生低声说：准备了，听我的枪声，一起打。

挑选出来的这些人，不仅能爬山，枪法也是百发百中的，二十几个人，四十几支黑洞洞的枪口对准了老虎嘴山洞。

王伏生只轻声说了句：打。枪就响了。在这黎明时分，枪声就热烈地响了起来，大金沟的沉寂就被打破了。山外的枪声也同时大作起来。

王伏生一手一枪，站在窝棚前的两个哨兵就应声倒下了。从昨天夜里潜进大金沟里，他的目光就没离开过老虎嘴山洞门前的那个窝棚，以前那个窝棚关着他和杨槐，现在只有杨槐一个人了。他现在巴不得一个人冲锋把杨槐救出来。

山里山外的枪声一响，大金沟就乱了。

王伏生想控制住老虎嘴山洞，韩老六等人还是早他一步冲出了老虎嘴山洞，在十几个小匪的保护下冲了出来，埋伏在半山坡上的小匪见山顶上打了起来，也忙掉转枪口向山顶杀来。王伏生这二十几个人就腹背受敌了。

王伏生让十几个人占好地形，掩护着自己向窝棚靠近，他甩手又击毙了几个小匪之后，看到了杨槐。杨槐被韩老六推出了窝棚，韩老六的枪从杨槐的肩上探了出来。几个小匪也在韩老六的身后狐假虎威的样子。

韩老六就冲王伏生说：退回去，要不然我就打死他。

王伏生不由得向后退了两步。杨槐看到了王伏生，他冲王伏生笑了一下，压低声音说：伏生，我知道你会来的，山后那条路咱们走过。

韩老六推了一把杨槐，冲王伏生说：让你的人退后。

说完把枪抵在了杨槐的头上。

王伏生的枪口冲着韩老六偏出的头。韩老六此时已摆出一副鱼死网破的架势了，他变音变调地喊：你们退后，要不然我开枪了。

山头上的枪声停止了，所有的人都在注意着眼前这一幕，山外的枪声仍然响着。

杨槐就说：伏生，开枪，冲我开枪，别管我。

韩老六躲到了杨槐身后，喊：我数三个数，你们不退下去，我就开枪了，一——

王伏生和韩老六就僵持住了。

王伏生端着枪的手微微抖着，在战场上他经历过无数次危险场面，可他从来没有经历过这样的场面。让突进来的队伍再退回去，等于宣告攻打大金沟的计划又一次失败了。杨槐仍然落在韩老六的手中。

他正在犹豫的时候，韩老六喊到了“二”。他的目光越过杨槐看到了韩老六狰狞的眼睛。

杨槐这时喊了一声：伏生……

杨槐突然挣脱了韩老六的手，向前扑倒，就在这时枪响了。

韩老六的头冒出一股血水，他的枪口一缕淡蓝色的烟雾还没退去，他睁着一双死不瞑目的眼睛吃惊地望着王伏生。

王伏生左胸前被血水浸湿了，他摇晃了一下，和韩老六同时倒了下去。

这时山顶上枪声又一次热闹地响了起来，几个小匪倒下了，同时几个解放军战士也倒下了。

杨槐爬了起来，一下子扑倒在王伏生身边，他大声地叫着：伏生，伏生……

有一个战士解开了杨槐身上的绳子。

王伏生似乎想把手里的枪举起来，举到一半又落了下来，杨槐把王伏生手里的枪接了过来，喊道：伏生，你睁开眼……

伏生笑了一下，太阳照在他微笑的脸上，他微弱地说：我不能跟你在一起了……香草和福娃……托付给你了……

杨槐说：伏生，你再坚持一会儿，咱们队伍就杀过来了。

伏生又笑了一下，一歪头不动了。

杨槐就撕心裂肺地喊了一声：伏生……

大金沟这一仗就到了尾声，杨槐带领着十几个战士居高临下，一群小匪见韩老六死了，已经无心恋战，有的举枪投降，有的把枪扔下，掉头跑进了树丛里，有的被当场击毙了。

许德章见大势已去，早就无心恋战了，他下令手下的兄弟们停火投降。

岳团长带领着三个营从不同方向扑进了大金沟。

杨槐站在王伏生遗体前，木雕泥塑般地立着，太阳把他的影子拉得很长。

香草来队

香草和福娃是杨槐把他们接来的。

杨槐并没有把伏生牺牲的消息告诉香草，他只是说：伏生让我把你们接到部队去。

香草怔怔地看了杨槐半晌才说：伏生怎么没回来接我们娘儿俩？

杨槐说：他还有任务，我回来探亲，顺便把你们娘儿俩接过去。

香草不再怀疑什么了，欢天喜地把东西收拾了，跟着杨槐踏上了征程。

香草一路上都很兴奋，问东问西的，她所有的问题自然都是关于伏生的，杨槐只能应承着回答。看着香草和孩子高兴的样子，杨槐的心越来越难过了。随着离部队的驻地越来越近，香草看着熟悉的一切，心绪便难平了，她絮絮叨叨地回忆起大金沟的日子，每个细节都那么鲜活。她一遍遍地问：杨槐哥，大金沟到底变成啥样了？

杨槐说：到了你自己看了就知道了。

香草拉着福娃的手哼起一首儿歌：山里红结在枝头，十月的秋露染尽了林梢……

香草的歌声把杨槐也带回了他们的童年，三个小伙伴奔跑在山坡上，秋天的草黄了，树叶红了，雁阵排着“人”字，嘎嘎有声地从头顶飞过，它们是去南方寻找湿地过冬了，明年春天，它们又会排着队回来了。一年又一年，就有了日子，也有了盼头。

杨槐想到这儿，望了一眼香草，香草仍沉浸在对大金沟的热切期盼之中。杨槐只能把复杂的心绪掩藏起来，他一遍遍地冲香草和福娃说：快了，我们就要到了。

终于到了部队，伏生的追悼会已经准备好了，杨槐把香草带到了追悼会现场，香草望着伏生的遗像怔在那里，她看看这个，望望那个，突然拉着杨槐的胳膊摇晃着道：杨槐，你告诉我，伏生到底怎么了？

福娃冲着遗像跑过去，站在遗像前，他喊道：爸，爸……

伏生再也听不到孩子的呼唤了，也许他的在天之灵听到了，照片上的伏生仍那么憨憨地微笑着。

那一次，香草在部队住了三天，她最后红肿着眼睛告别了部队。

送香草回乡的任务，又落到了杨槐的肩上，他像来时一样，领着香草和福娃，一步步向前走去。伏生就埋在半山坡上，香草立住脚，望着伏生的坟墓，突然跑过去，抱住了刻有伏生名字的石碑，一边流泪一边说：伏生，我和孩子要走了，你要是惦记我们，就回家看看我们。

福娃经历了这样的变故，似乎一下子成熟了许多，他站在父亲坟前，抹着眼泪说：爸，我和娘走了，我还会回来看你的，娘说，这里是咱们的老家，你在老家看家吧，我想你就来看你。

杨槐站在一旁，他点燃了支烟，放在伏生的坟前。香烟袅袅地燃着。

一路上香草抱着孩子，就那么死死地抱着，她一句话也不说，眼泪在眼里含着。杨槐扭着头，他不忍心看悲伤中的香草。

杨槐把香草送回家后，他的任务就算完成了。第二天他离开家门时，和香草告别，香草似乎早就知道杨槐要来告别了，或者自从进了家门一直就没离开过门口，她就站在门口，目光不远不近地凝望着。

杨槐站在香草眼前。

香草说：我知道你要走了，让我送送你。

香草不等杨槐走，自己就向前迈动了脚步，杨槐只好跟上。他们走路的样子，似乎是杨槐在送香草。

杨槐说：伏生是为救我才牺牲的。

香草头也不回地说：你说过了，这我知道。

杨槐又说：伏生牺牲前，还念叨你和福娃。

香草说：这你也说过。

杨槐还说：伏生把你和福娃托付给我了，让我照顾好你们。

香草没说话，也没有回头。

杨槐望着香草迈动的脚说：伏生是为救我牺牲的，我不会辜负他的希望，我要照顾好你们。

香草突然立住脚，杨槐站到她面前。

香草从怀里掏出一双鞋垫，递到杨槐面前：这是我连夜做的，路远，把鞋穿好。

杨槐接过香草的鞋垫，鞋垫还带着香草的体温，暖暖的。

香草说：不送了。

杨槐望了眼香草，吸了一下鼻子说：那我走了。

杨槐就走了。

他走到对面的山坡上，回头望了一眼，香草仍立在那里，风吹起她的头发，像一面黑色的旗帜。

杨槐别过身去，香草的喊声传了过来：路远，把鞋穿好。

杨槐的泪就热热地流了下来。

尾　声

全国解放了，战争歇了下来。

杨槐转业了，回到县里仟县长。

他转业时和岳团长提出了一个请求，他要把那支残枪带上。那是他和日本人交战时，被太郎射中的那支枪，这么多年过去了，杨槐一直把它带在身边。枪是残枪，早就不是在编的武器了，岳团长爽快地答应了。于是，杨槐就带着那支残枪回到了冀中当了县长。

他回来没有多久，便举行了婚礼，他娶了香草。

新房里没有什么摆设，唯有那支残枪醒目地挂在墙上。

当了县长的杨槐有很多事情要忙，只要他回家稍早一些，福娃都会缠着他讲故事。他望一眼墙上的残枪，每次故事的开头，都会从这支残枪开始……

图书在版编目(CIP)数据

残枪 / 石钟山著. -- 北京 : 中国文史出版社，2023.3
(中国专业作家作品典藏文库. 石钟山卷)
ISBN 978-7-5205-3616-5

Ⅰ. ①残… Ⅱ. ①石… Ⅲ. ①长篇小说-中国-当代 Ⅳ. ①I247.5

中国版本图书馆 CIP 数据核字(2022)第 176485 号

责任编辑：薛未未

出版发行：中国文史出版社
社　　址：北京市海淀区西八里庄路 69 号院　邮编：100142
电　　话：010-81136606　81136602　81136603（发行部）
传　　真：010-81136655
印　　装：北京新华印刷有限公司
经　　销：全国新华书店
开　　本：720×1020　1/16
印　　张：13.5　　字数：139 千字
版　　次：2023 年 3 月第 1 版
印　　次：2023 年 3 月第 1 次印刷
定　　价：54.00 元